Monocular
Telescope

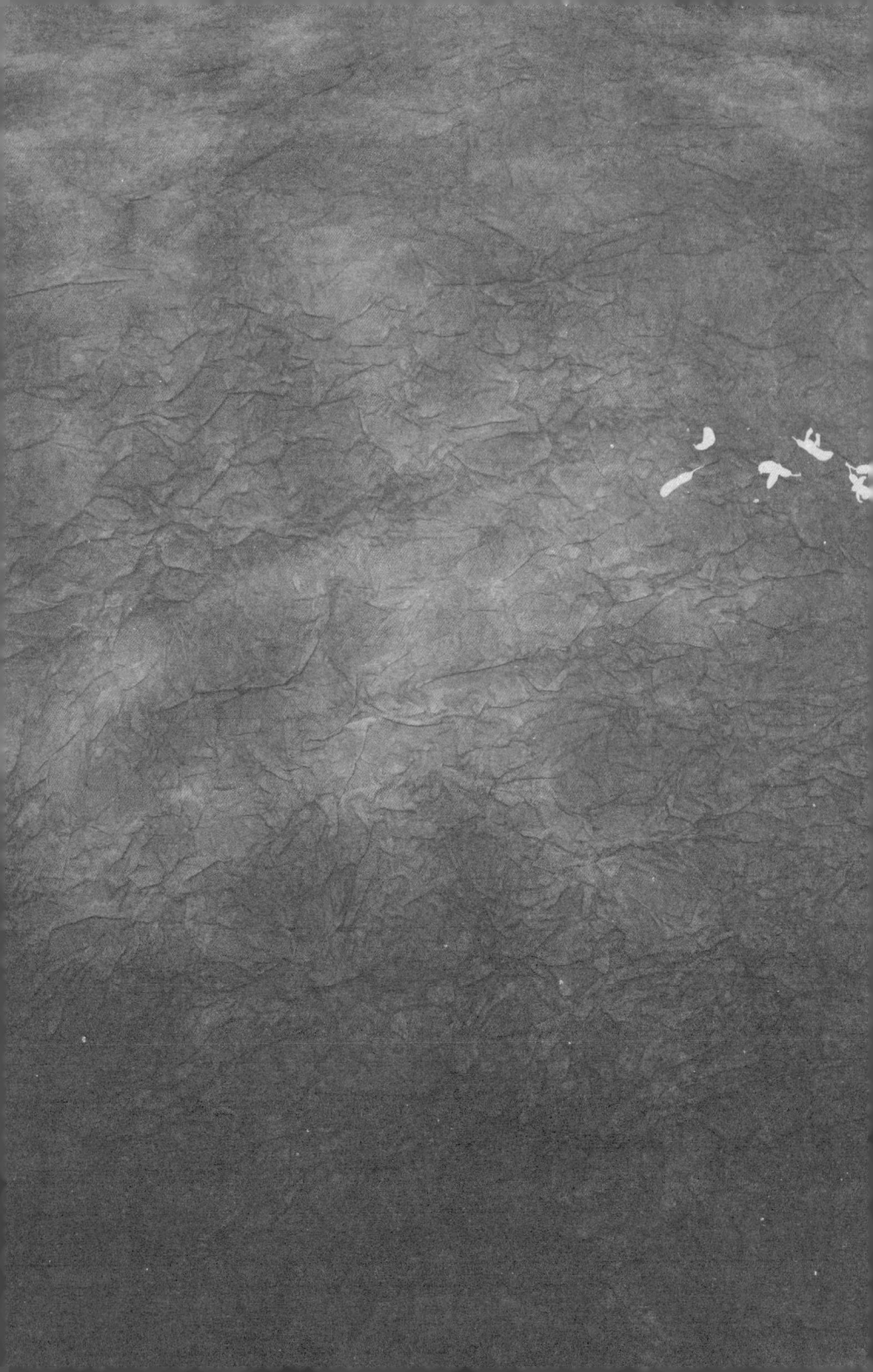

冯骥才——著

人民文学出版社

单筒望远镜

图书在版编目（CIP）数据

单筒望远镜/冯骥才著.—北京：人民文学出版社，2018
ISBN 978-7-02-014745-8

Ⅰ．①单… Ⅱ.①冯… Ⅲ.①长篇小说—中国—当代 Ⅳ．①I247.5

中国版本图书馆CIP数据核字（2018）第276315号

责任编辑　脚　印　王　蔚　张梦瑶
装帧设计　刘　静
责任校对　王筱盈　李义洲
责任印制　徐　冉

出版发行　人民文学出版社
社　　址　北京市朝内大街166号
邮政编码　100705
网　　址　http://www.rw-cn.com

印　　刷　天津千鹤文化传播有限公司
经　　销　全国新华书店等

字　　数　145千字
开　　本　880毫米×1230毫米　1/32
印　　张　7.875　插页3
印　　数　1—30000
版　　次　2018年12月北京第1版
印　　次　2018年12月第1次印刷

书　　号　978-7-02-014745-8
定　　价　45.00元

如有印装质量问题，请与本社图书销售中心调换。电话：010-65233595

1900

庚子
大清光绪二十六年

正如男人眼中的女人，不是女人眼中的女人；女人眼中的男人，也不是男人眼中的男人。

中国人眼中的西方人，不是西方人眼中的西方人；西方人眼中的中国人，也不是中国人眼中的中国人。

当代人写历史小说，无非是先还原为一个历史躯壳，再装进昔时真实的血肉、现在的视角，以及写作人的灵魂。

上篇

Part One

一

这房子一百多年前还有，一百年前就没了。也就是说，现今世上的人谁也没见过这房子。

在那个时代的天津，没见过这房子就是没眼福，就像没听过刘赶三的《十八扯》就是没耳福，没吃过八大家卞家的炸鱼皮就是没口福，但是比起来，这个眼福还要重要。

据说这房子还在的时候，有个洋人站在房子前边看它，看呆了，举着照相匣子"咔嗒"拍过一张照片，还有人见过这张照片，一看能吓一跳。房子并不稀奇，一座不大不小的四合套，三进院落。但稀奇的是从第二进的院子里冒出一棵奇大无比的老槐树，浓郁又密实的树冠好比一把撑开的巨伞，不单把中间这进院子——还把前后两进连屋子带院子统统罩在下边。想一想住在这房子里会是怎样的一种生活？反正有这巨树护着，大雨浇不着，大风吹不着，大太阳晒不着，东暖夏凉，无忧无患，安稳踏实。天津城里的大家宅院每到炎夏酷暑，都会用杉木杆子和苇席搭起一座高高大大的棚子把院子罩起来，好遮挡烈日。这家人却用不着。大槐树就是天然的罩棚——更别提它开花的时候有多美妙！

年年五月，满树花开。每当这时候，在北城里那一大片清一色的灰砖房子中间，它就像一个奇特的大花盆，很远的地方就能看到。刮风的时候，很远的地方还能闻见槐花特有的那种香味儿。若是刮东南风时，这花香就和西北城角城隍庙烧香的味儿混在一起。若是刮西北风时，这花香又扰在中营对面白衣庵烧香的气味里。一天里，槐香最重的时候都在一早一晚，这是早晚城门开启和关闭的时候。城门的开与关要听鼓楼敲钟，于是这槐香就与鼓楼上敲出的悠长的钟声融为一体。

到底是这花香里有钟声，还是钟声里有着花香？

那么，住在这香喷喷大树底下的一家人呢？他们在这香气里边喘气会有多美，睡觉有多香！北城的人都说，这家人打这房子里出来，身上全都带着槐花的味儿。逢到了落花时节，更是一番风景，屋瓦上院地上，白花花一层，如同落雪。今天扫去，明天又一层。这家女人在院里站一会儿，黑黑的头发上准会落上几朵带点青色和黄色的槐花,好像戴上去的一般。而且在这个时节里,城中几家老药铺都会拿着麻袋来收槐花呢。人们若是到这几家药铺买槐花,伙计都会笑嘻嘻说:"这可是府署街欧阳家的槐花呀!"

欧阳家从来不缺槐花用,这是欧阳老爷最得意的事。

每到落花时节,他最喜欢把一个空茶碗,敞开盖儿,放在当院的石桌上,碗里边只斟上热白开水,别的什么也不放,稍过会儿,便会有些槐花不声不响地飘落碗中,热水一泡,一点点伸开瓣儿,一碗清香沁人的槐花茶便随时可以端起来喝……

神奇又平凡,平凡又神奇。

真有这么一座房子吗?可是后来它怎么就没了?那家人跑哪儿去了?那棵铺天盖地的老槐树呢?谁又能把这么一棵巨树挪走?不是说洋人给这房子拍过一张照片吗?现在哪儿呢?恐怕连看过照片的人也都打听不到了吧。

可是,为什么偏要去看那张照片呢?照片不过是一张留下人影的画片而已,能留下多少岁月和历史?要知道得详实、真切,还得要靠下边的文字吧。

说来说去,最说不清的还是这座奇异的老房子的岁数。前边说"一百多年前还有",那它就远不止一百多年了。

有人说早在前朝大明时候就有了,也有人说是清初时一个盐商盖起来的。历史的来头总是没人能说清。反正那个盐商后来也搬走了,这房子几经转手、易主,又几次翻修,很难再找到明代的物件了。只有大门口虎座门楼底座上那两个石雕的虎头,开脸大气,带着大明气象。

历来房子都由着房主的性情,谁当了房主谁折腾,就像皇上手里的社稷江山。只有院子里那棵老槐树原封没动,想动也动不了,一动就死了。光绪年间,一个明白人说,自古以来都是先盖房子后种树,不会先种树后盖房子。只要知道这大槐树多大年纪,就知道房子有多少岁数了。于是一个懂树的人站了出来说,这老槐树至少三百年。这一来,房子就有了年份,应该是大明的万历年间。不过这只是说它始建于万历年间。如果看门楼和影壁上的刻画,全都是后来翻修时添枝加叶"捯饬"上去的了。道光前后,这里还住过一位倒卖海货、发了横财的房主,心气高得冲天,恨不得叫这房子穿金戴银,照瞎人眼。他本想把这房子门楼拆了重建,往上加高六尺,屋里屋外的地面全换新石板。幸亏他老婆嫌这老槐树上的鸟多,总有黏糊糊的鸟屎掉在身上,便改了主意,在河北粮店后街买了挺大一块

上篇

Part One

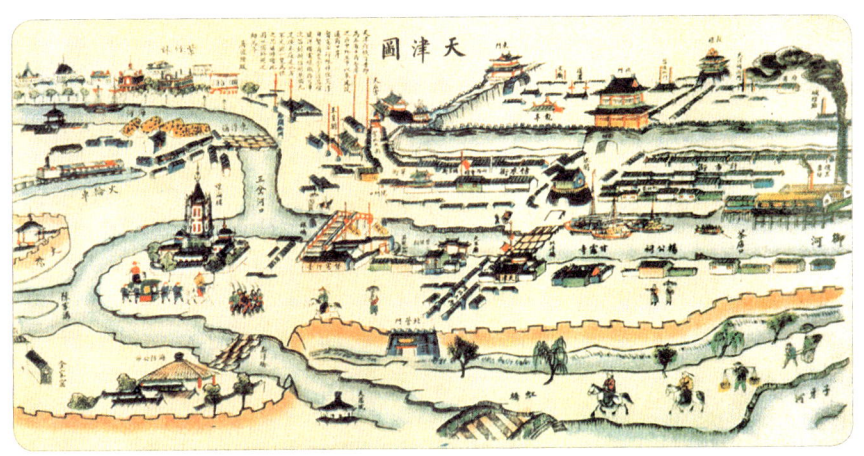

清代末期木版彩印的《天津图》

空地，盖了新房，搬走了。

这要算老房子的命好，没给糟蹋了。

当这房子到了从浙江慈溪来开纸店的欧阳老爷的手里，就此转了运。欧阳老爷没有乱动手脚。他相中了这房子，就是看上日久年长的老屋特有的厚实、深在、沉静、讲究，磨砖对缝的老墙，铺地锦的窗牖，特别是这古槐的奇观。

别看欧阳是个商人，浙江的商人多是书香门第。世人说的江南主要指两个省而言，一是江苏，一是浙江，都讲究诗书继世。不同的是，江苏人嗜好笔墨丹青，到处是诗人画家。浙江人却非官即商，念书人的出路，一半做官，一半经商。单是他那个慈溪镇上历朝历代就出了五百个进士。有了这层缘故，浙江人的官多是文官，商是儒商。别看他们在外边赚的是金子银子，家里边却不缺书香墨香。虽说欧阳老爷没有翻新老屋，却把房子上那些花样太俗气的砖刻木雕全换了，撤去那些钱串子聚宝盆，换上来渔樵耕读、琴棋书画、梅兰竹菊或是八仙人。他只把后来一些房主世俗气的胡改乱造除掉，留下来的都是老屋原本的敦厚与沉静。他心里明白，明代的雍容大气，清代绝对没有了，多留一点老东西就多一点底气。

他是一家之主，本该住在最里边的一进院，但后边两进院给老槐树遮得很少阳光。老爷好养花，就住在头一进。这里一早一晚，太阳斜入，有一些花儿们欢喜的光照呢。

头一进院，正房一明两暗，中间的厅原本是待客用的，顶子高，门窗长，宽绰舒服。一天，欧阳老爷坐在厅堂里，看到院里树影满地，好似水墨点染，十分好看。在古今诗文中，他最迷的就是苏轼。自然就想起苏轼《三槐堂铭》中那句"槐荫满堂"，十分契合他这院子，便烦人请津门名家赵元礼给他写了一块匾"槐荫堂"，又花大价钱请来城中出名的木雕高手朱星联，把这几个字刻在一块硬木板上，大漆做底，字面贴金，挂到堂屋迎面的大墙正中，一时感到富贵优雅，元气沛然。由此来了兴致，他再在这一进房子的门外添了一座精致的垂花门楼。木工是从老家慈溪那边千里迢迢请来的，纯用甬作，不用彩漆，只要木头本色，素雅文静，此中还有一点怀旧的心思吧。

欧阳老爷在老家时就殁了妻子，北上天津后，这里的女人不合他的性情，一直没有再续。如今两个儿子都大了，有了家室，大儿子单字尊，小儿子单字觉。

欧阳觉住在最后一进，这巨大的老槐树北边枝叶最密，特别是到了夏天，很少阳光。他娶妻之前，每日午睡醒来，还有一块书本大小的阳光从树间一个缝隙照下来，穿窗而入，热乎乎地照在嘴巴上，很稀罕也很舒服，有时叫他舍不得爬起身来，怕一起来就丢掉了这块阳光。可是自打他娶到妻子庄氏进来之后，树上那个透光地方的叶子忽然长死了，空隙没了，屋里再没有一点阳光，暗暗生出一股湿湿的阴气来。他那时年轻，阳气足，百邪不侵，并没觉察，更不知道这里边暗藏着什么玄机。

欧阳家在这房子里至少住了二十年。最叫欧阳老爷得意的是，这大槐树枝繁叶茂，树干粗大，不单无洞，也没有一个疤结与树瘤，而且从没生过虫子。天津是退海之地，水咸土碱，不生松柏，只长槐柳。河边是柳，陆地是槐。老城已经五百年，城中的老树多在北城，都说与北城外的南运河的水好有关。可是不知为什么到了清代中期以后，这些老树却无缘无故地乏力了，没劲儿了，不行了。除去金家的一亩园里那棵细长的老洋槐是一天夜里给雷劈死的，如今只像一棵黑糊糊的大杆子立在那儿，别的老树虽然没得什么病，却无缘无故地先后一棵棵干了，黄了，枯了，死了，好像人岁数太大最后老死了。每死一棵老树，就叫住在树周围一带的人心疼一阵子。心疼也没用，谁能叫死树活过来？为什么清代中期以后，整个老城都好像喘不上气？有人说，自从咸丰十年，洋鬼子打了进来，天津就走上了背字。人家洋鬼子直到现在还没走，反倒在紫竹林那边开租界，大兴土木，并且像摊煎饼那样愈摊愈大。

可是也有人说，为什么欧阳家的老槐偏偏依然故我，黑绿黑绿，一枝独秀地立在那里，年年照样开花，散香万家，严严实实地庇着那座老房老院。他家纸店的生意也一直兴旺来钱呢。

可是好事不会总不到头。到了光绪二十五年初夏，槐花开过，出了异象。从来不生虫子的老槐树，竟然生出"吊死鬼"来。一根根长长的细丝亮闪闪从树上垂下来，每根丝吊着一个又软又凉、扭来扭去的浅绿色的肉虫子。欧阳家头一次见到这种叫人发瘆的虫子，没等他们想出办法来治却已成了灾。

这成百上千吊死鬼好似由天而降，落得满房满地，有的在地上僵死不动，有的爬，有的不停地打着滚儿。走过院子时动不动就会叫树上垂下来的长长的虫丝挂在身上，黏在脸上，踩得大家脚下和地上全是又黏又湿的死虫子。一天，一个吊死鬼掉在大儿媳韦氏的脖颈上，落进衣背。韦氏本来就爱一惊一乍，这便大叫大喊，像见了鬼。叫女佣姜妈从腰间伸进手去，掏了半天才掏出来，扔在地上踩死。这些天，全家都忙着用各种家伙清除这些可憎又可怕的虫子，再用水把所有地面、石桌、石凳、栏杆、井台，以及所有鞋底，全刷洗干净。前后足足闹腾了一个多月，刚刚过去，才静了下来，忽然一群大黑乌鸦来到这树上。

向来，城里有乌鸦，可是不常看见，也不多，不过零零散散三只两只。这一来却二三十只，一大群，像一群婆娘吱吱呀呀吵个不停。这些乌鸦又黑又大，先前从没见过这么大的乌鸦，个子像猫，叫声像喊。原先以为闹几天就走了，可是它们并没有走的意思，每天黄昏一准飞来聚到树上，而且越来越多。它们一来，别的鸟儿都不见了，大概全吓跑了。

很快到了秋天，树叶开始掉了，繁密的树枝间一片片黑压压的，全是鸦影。叶子掉得愈多，就看得愈清楚。有人说它们在城外西头的开洼里专吃饿殍，所以个个肥壮。黄昏时候飞进城来，聚在欧阳家头上这棵大槐树上过夜。有人站在北城墙上看见过它们在晚霞里成群结队飞进城来，一边盘旋一边聒噪一边行进的鸦阵，气势真有点凶。这些在野外食腐的家伙为什么偏偏要聚到这儿过夜呢？难道它们要来生事不成？

欧阳老爷觉得诧异，隐隐觉得有点不祥。

一天欧阳老爷举头忽然看到树顶的大树杈上出现一个很大的鸦巢，居然比一个衣服箱还大，这可不好，它们要在这儿安家了。如果这些丧气的家伙在头顶上安家，这房子的风水可就全要给破了。欧阳老爷忙叫老仆钱忠用竿子去捅，鸦巢太高，一丈多长的大竹竿一连接绑了三根还是够不到。钱忠就搬来梯子，登梯子上树。钱忠年纪大了，腿脚不灵，一脚踩空掉下来，把骨头摔了，疼得满头冒汗。欧阳老爷忙着叫人请来城中正骨的名医王十二。王十二伸手一摸，麻烦大了，胯骨轴摔断了。年过花甲的人就怕胯骨轴断了，断了接不上，十有九残。

这老仆钱忠是欧阳老爷二十年前从老家带来的。不单使唤起来得心应手，粗细活、内外事都能干，还能烧一手上好的宁波菜。宁波人嘴刁，吃不惯天津人大鱼大肉的粗食。天津人吃东西像虎，狼吞虎咽，宁波人吃东西像鸟，一边吃一边挑。如今钱忠这一摔，就像折一条胳膊。欧阳老爷叫纸店里的伙计把钱忠送回慈溪老家养伤，托人再找来一个男仆。这人四十多岁，叫张义，光脑门一条辫子，大手大脚，身子很结实，地道的天津本地人。欧阳老爷对这个张义还算满意，人热情，实诚，义气，做事不惜力气,只是细活交给他一干就哪儿也不是哪儿了,没法和钱忠比。可是,只能事比事,不能人比人,做饭一类的事只好加到了姜妈身上,姜妈虽然也是天津人,但人稳心细,在欧阳家干了多年,从钱忠那里懂得了宁波人一半的生活的门道。人手这样一拆兑,生活的窟窿暂且堵上。

事情还不算完。过年那天夜里,张义告诉欧阳老爷,依照天津这里的俗例儿,应该大放鞭炮,崩一崩这一年接连不断的晦气。欧阳老爷便应许了,于是买来许多炮仗,谁想到焰火竟然把大树引着了。起火那一阵子,大火烧天,照亮夜空,真觉得这个家要遭灾了。多亏不远处有一家名叫"致远"的水会传锣告急,人来得快,又肯卖力,四台水机子的黄铜龙头一齐朝天吐水,救得急,灭得快,大火没引着房子,却把大树烧去了挺大一块。这大树原先枝丰叶满,现在缺掉了那块露着一块天,而且正是老爷坐在屋里看得见的地方。空空的一片,欧阳老爷怎么看都不舒服,好像一扇窗子没了,大敞四开。欧阳老爷苦笑着说:"气是不是有点散了?"家里的人宽慰老爷说,春天长出新枝新叶之后,慢慢会好一些。

可是转年初春,大槐树已经不是什么大事了,整个天津城都不对劲了。城里的大街上多了一些模样像外地来的人。这些人都像是庄稼汉,装束有些特别。有的人腰上扎着一条红的黄的带颜色的褡包,有的头上裹一条巾,既不像道士,也不像兵弁。这些人打哪儿来的?干什么来的?

一天,一个黑大胖子从东门进来,就一直走在街中央,迎面来车,他也不让,车子全给他让道,好像他是府县老爷。他长着一张柿子脸,肌沉肉重,一只独眼儿,眼神挺横,头上也裹着一条黄巾,正中用红线绣着八卦中的坎字符。他经过弥勒庵对面的道署衙门时,顺手从身边的切糕摊上抓一把黏糊糊的糯米糕,走到道署前,往门旁的大墙上一抹,再"啪"地把一张黄表纸贴在上边。纸上乱七八糟涂抹着一团,有画有字,墨笔写朱笔画。人们上去看,上边只有两行字还能认得:"北六洞中铁布衫,止住风火不能来。铁马神骑,八卦来急。"别的是图是符就谁也看不明白了。回头再找那黑大胖子,竟然莫名其妙地不见了。

欧阳老爷在家里听到了,不觉联想起半年多来自己家遭遇的邪乎事,感到有些不妙,心里莫名地扑腾腾打起小鼓来。于是,天天在家里的佛龛前都要多磕几个头,暗暗祈求天下太平。

二

今儿一早，二少爷欧阳觉从老槐树下边他那个家出来时兴致勃勃。并没有什么具体的事让他兴致勃勃，只是年轻人都是这样兴致勃勃。

好似春意在春天的树上鼓荡。老槐树满树苍老发黑的枝丫上才刚钻出嫩芽。这些嫩芽看上去更像一颗颗小小的豆豆，嫩绿、鼓胀、繁密、生意盈盈。

欧阳觉身穿青色的长袍，外边套一件滚着绒边的小马褂，头扣一顶乌黑亮缎瓜皮帽，光洁脸儿，朱唇皓齿，眸子发亮，系在腰上的琉璃寿星都是有年份、讲究的器物……这一身自然是城中富贵人家少爷的打扮。他从北城走出来，先在鼓楼金声园买了三块什锦馅的关东糖，边走边一块一块掰开放进嘴里，"咯吱咯吱"有滋有味地嚼着，甩着两条胳膊顺着东门里大街朝前直走。出东门时，三块糖都咽进肚里，嘴空了，城门内外虽有不少卖酸甜小吃的摊儿，他决不会去买，他不吃那些烂东西。

天津卫的城里城外向例是两个天地。富有人家多半住在城里，府县衙门大半也设在城里，游民、光棍、指身为业的穷人们大都活在城外。单从衣装打扮就分得清清楚楚，城里人多是袍子马褂长衣衫，城外人都是裤子褂子短打扮。这里边的道理很清楚——短打扮好干活吧。

天津这城真的太老了，包在土夯城墙外边的灰砖，不少已经脱落下来。历来改朝换代，总要修城，把缺掉的砖补上去。可是近几十年官府缺钱，就像穷人补不起牙，只好缺着口儿。这样的城墙便透出了穷气，看上去狼牙狗啃，砖缝里冒出乱草，一些缺砖的地方还长出小树来，一棵榆木树杈上都有野鸟筑巢了。自从咸丰十年洋人攻破了城，天晚之时常会忘了关城门，护城河的水变黑变黏变稠，臭得难闻。

可是瓮城里还是聚着不少闲人和苦力，或是没有活干，或是等着有人找去干活。这种地方向来人杂，混混也多，不肃静。欧阳觉这样有头有脸和一身讲究的穿戴，容易招来麻烦。他这便快步走下去，穿过浮桥，从磨盘街往西一拐进了宫南大街。没走几步，远远就能看见他家纸店惹眼的招牌。欧阳家在天津有两个铺面挺大的纸店，店号都是裕光，一个在北城外的估衣街上，一个就在宫南，紧挨着那家出名的卖绒花的老店玉丰泰。斜对面便是天津卫的第一神庙娘娘宫了。

裕光纸店的掌柜是欧阳老爷。他五十多，岁数不算大，身子还硬朗，可是两年前在估衣街纸店走出来时，街面是新铺的石板，雨后湿滑，一脚没踩实，仰面朝天摔了一跤，所幸骨头没事，但那一跤摔得够狠，好像把他摔散了，他说自己就像一个算盘散了架子。自此，买了一杆上好的紫竹手杖助步，纸店便交给了大少爷欧阳尊来操持。

大少爷欧阳尊比欧阳觉长七岁。哥俩的性情全然不同。大少爷天生有浙江商人的精明，年纪轻轻却成熟老到，人挺强练，钱抓得紧，事盯得死。只是在家有点怕婆，在外边却不会吃半点亏。和大少爷一比，二少爷欧阳觉地地道道是一个书生了，整天和诗文书画搅在一起，这在一个商人家庭里就是不务正业。

天津是个跑买卖的码头，笔墨是用来记账的，看不上二少爷这种舞文弄墨、使用不上的人。外边都说欧阳家两个少爷，一个是赚钱的，一个是花钱的。还好，这哥俩不嫖不赌，没什么邪门歪道，而且相互和气，不争不斗。弟弟聪慧却没心眼，

上篇

Part One

十九世纪末天津东门内影像

凡事都听信哥哥,打心里敬着哥哥,哥哥遇事必护着弟弟,哥俩对父亲也都很依顺。如此一家,在满是嘴的老城里从来没有招来什么闲言秽语,还叫人敬着,欧阳老爷很是称心如意。

那时候,在天津干纸店没人能越过欧阳一家。他家的纸不单各类各样一应俱全,还都是直接从源头进货。宣纸来自泾县,皮纸来自温州,竹纸来自湘中,元书纸一定是富阳的。那时候天津人糊窗户好用有韧劲的"帘子纹"高丽纸,也全从朝鲜直接运来的。至于各类新鲜好用的洋纸,都是大少爷跟租界那边挂钩,由海外用船拉到天津。天津有海港,得天独厚通着海外,这使得北平、保定、济南等等地方纸店纸局的洋纸,也都从裕光批发过去。裕光的能耐谁有?大少爷的心眼活,手段多。只要与纸说得上话,能够赚钱,一概来者不拒。不论是念书人喜欢用的文美斋木版刷印的笺纸,还是女人家绣花离不开的伊德元的剪纸样子,连赵三赵四画的雅俗共赏的山水折扇,全都代销。这便引得店里天天人来人往。

大少爷说,做买卖的就怕店里空着。愈空愈没人进来,愈挤愈往里边挤。

聪明的买卖人都有自己的生意经。

今天，欧阳觉一进店门，还没看见大少爷，就禁不住叫道："大哥，你给我留的那套'二十四番花信风'呢？"他说的是文美斋刚刚印出来的五彩笺纸，全是张和庵画的折枝花卉，精美至极，比荣宝斋只好不差，一时卖得很抢手。

他用眼睛找大少爷。只见屋子左边那柜台前站着几个人，听他这一叫，都扭过头来。他一怔，那几个人中间一张奇花异卉般女人的脸儿正对着他——是个洋女人！

他从没见过这样一张脸：完全像是一朵泛着红晕的雪白又娇艳的荷花，蓝宝石般的一双眼睛晶亮发光，从宽檐的软帽中喷涌出来的卷发好似金色的波浪，蓬松的衣裙有如形态不确定的云……他分明与她离得还远，却不知道自己怎么已经站在这洋女人的面前，也不知道他面对着的是一个绝顶的美人，还是一种从未见过的奇观。他竟然蒙了。

他听到大哥的声音："二弟，我给你介绍，这位是从租界来帮咱家进洋纸的马老板，噢，对了，你们见过——认得。这位是莎娜小姐，不久前从法兰西来到咱们天津租界，今儿马老板陪她来这边逛逛。"

欧阳觉还是有点蒙，不知怎么应酬，一张嘴竟然说出"别客气，别客气"这两句完全不着边际的话，弄得大家莫名其妙。

洋女人听不懂，看着通洋语的马老板，似乎请他翻译。马老板竟也不知该如何翻译。

欧阳觉发觉自己刚刚说了昏话，他不知自己为什么会说出这样的昏话，脸颊登时发热，不知下边该说什么。

马老板是个机灵的生意人，会说话，马上把眼前的尴尬撇开，他笑嘻嘻说："正要问大少爷，怎么没见二少爷呢，您就来了。"跟着说，"这位莎娜小姐不单头次来天津，也是头次来中国。她一进这宫南大街就喜欢得了不得，一会儿还想再陪她去娘娘宫里头转转，她必定会更喜欢。"然后就教给欧阳觉和莎娜怎么相互称呼对方的名字。

欧阳觉只一次就把"莎娜"两个字说清楚了，但是莎娜怎么也说不好"欧阳觉"三个字。她笨嘴拙舌，音咬不清，而且愈说愈费劲。

大少爷欧阳尊在一旁笑呵呵说道："这'欧阳觉'，我怎么听着像'熬羊脚'呢？"一句话惹起大笑。

莎娜见大家笑却不明白什么意思，马老板把"熬羊脚"三个汉字的含义翻译给她，她也大笑，直笑得前仰后合，还一只手指着欧阳觉叫道："熬羊脚！"

这一来，欧阳觉也笑起来。刚刚拘束的感觉立刻没了，似乎这就熟识了。很快活地熟识了。

欧阳觉心里却奇怪,和洋女人熟识怎么这么容易。她怎么不像中国女人那样会害羞呢?

又说了几句,大少爷便对马老板说:"娘娘宫就在斜对面。我兄弟熟,叫他领莎娜小姐去逛逛吧。"

大少爷这句话是想把他们几个与生意无关的人支走。可莎娜明白了这话,特别高兴。她似乎对这个长得白净和清秀的"熬羊脚"抱有好感。

这个主意也使欧阳觉心里高兴。他带着他们走出纸店。

欧阳觉除去自己的妻子从来没陪过别的女人逛街逛庙,更没陪过洋女人。那时候洋人是稀罕的,一个洋人就是一道西洋景。今天他也成了这西洋景的一部分。走在街上,谁见谁看。而且那时的天津人还有点怕洋人,见到洋人便会闪开,最多是在远处张望或在背后指指点点。这洋女人完全不管别人怎么看,随着性情玩玩乐乐,表达着自己。只是她说的话,欧阳觉完全不懂。宫南大街是天津最古老的一条街,谁不知道"没有天津城,先有娘娘宫"这句话?所有好吃好用好玩的都在这条街上。这就叫莎娜那双蓝眼睛不够用,连街上人们的穿装打扮,手里的东西,吃的零食，她全都好奇。尤其是女人的小脚。富家女人的小脚给衣裙盖着看不见，穷家女子短衣长裤，打着裹腿，两个粽子大小的小脚露在外边，一走三扭，这就叫不裹脚的洋女人看得两眼冒出惊愕的光，还指着中国女人的小脚又说又问，弄得街上的女人躲开她走。

莎娜总有问题问马老板，或者通过马老板问欧阳觉。不知道为什么他已经解释得很清楚了，莎娜还是不明白。有时欧阳觉会直接对她再多说两句，莎娜却摇着头笑了，耸耸肩——因为他说的是她听不懂的中国话。她这一笑真像花开了一样。

最叫莎娜兴高采烈的还是娘娘宫的大殿。神坛上那些神头鬼脸，个个都有来头，都法力通大，莎娜听得将信将疑。尤其眼光娘娘的神像周身画满了眼睛，叫莎娜惊讶地叫了起来。欧阳觉通过马老板告诉莎娜，这个女神能消除人们的眼疾。她通过马老板告诉欧阳觉西方也有一个神，眼睛长在手心上，这只眼能够看到未来。但欧阳觉不明白"看到未来"有什么用。

可是，莎娜也不理解这位眼光娘娘，究竟怎么能够帮助人驱除眼疾。她表达出自己对这女神的感受："她满身的眼睛是不是表明她能够看见一切——过去、现在、将来？"

他们的话怎么也说不到一起。此刻，他们肯定都在怀疑马

上篇

Part One

娘娘宫内景

老板翻译的能力很差。

欧阳觉有一个主意再好不过,他带领莎娜,从一条又窄又陡的楼梯,爬上娘娘宫东北角的张仙阁。由于保佑婴孩的张仙爷深受本地女人的崇信,使得这个小小的过街的阁楼里每天都挤得满满登登。欧阳觉领莎娜到这里来,并不是为了看这些拉弓射天狗的神仙像,而是从阁楼上的窗口可以俯瞰大庙全景、庙前广场、戏楼,和整整一条宫南大街上熙熙攘攘的人流。再向远望,可以看到白河辽阔而动人的景象,以及紫竹林租界那边模模糊糊、有些奇特的远景。这叫莎娜兴奋极了。

他和她凭窗而立。他指她看,告诉她,那个是开庙会时唱戏的戏台,那两根极其高大的旗杆曾是船上的桅杆,那边沿河一排排白花花的小丘是盐坨,再往东边就是她在天津居住的地方——紫竹林租界了。

莎娜好像忽然想起什么,她从手袋里抽出一根半尺长的铜棍。铜棍中间一段包着一层很讲究的黑色皮箍。她两手前后一拧一抻,拉出来一节,再一拧一抻又拉一节,竟变成了两尺多长。这东西最前节粗,最后节细,两头都有厚厚的玻璃镜片。她举到眼前,将细的一端紧压在右眼眶上,粗的一端直对着前方看。欧阳觉很奇怪,这是件什么东西?没等他问,马老板说:"这是洋人打仗时用的,远处的东西,拿它一照,全都看得清清楚楚。"

欧阳觉说:"就是人说的千里眼吗?我听人说过,这是头次见。"

马老板说:"这东西洋人叫望远镜,有这种单筒的,也有双筒的,双筒两眼一块看,单筒挤着一只眼看。像这种望远镜我告你吧,我要是站在十里开外,你拿它一照,就能把我认出来!"

欧阳觉问:"这不真成了千里眼?有点玄吧。"

马老板没再解释,把他这意思用洋话对莎娜说了。

莎娜正看得起劲,听到马老板的话,马上扭过头笑嘻嘻地把望远镜递给他。他接过来,依照莎娜的样子就拿起来看,镜片上一片灰糊糊。他说:"什么也没有啊!"

马老板不知道他为什么没看见。

莎娜却发现他把望远镜拿反了,小头朝前了。莎娜大笑起来,笑声惊动了周边的人。莎娜挺聪明,她想出个办法教他怎么使用。她先用镜头对着白河边一艘船,调好焦距,然后叫马老板告诉他对准河上那艘船看。待欧阳觉再举起望远镜看,"呀"地叫出一声,觉得自己真像天上"四大天将"中那个千里眼了!

连站在船头的一个老艄公的胡子、烟袋、眼神,居然都看得一清二楚,跟站在眼前一样。他惊讶洋人这东西有如此神奇的功力。莎娜伸过手来,又把望远镜对准下边宫南大街他家的纸店叫他看,这时正巧大哥欧阳尊走出店门送客人,他竟然连大哥嘴下边那颗小痣也看得十分逼真,几乎可以用手去摸。

莎娜很高兴,她挺满足欧阳觉也得到一种新奇感。好像他领她逛庙,叫她享受到许多新奇有趣的东西,现在她可以回报他了。

看得尽兴,玩得也尽兴,莎娜该返回去了。

刚才他们从紫竹林租界来这边时坐着一辆马拉的轿车,一直停在宫南大街的街口。他送他们走到街口,待莎娜和马老板上车一走,欧阳觉忽然觉得好像有什么东西失去了。他从来没有这种感觉,他说不出这是一种什么感觉。有可能只是一种错觉。

晚饭时一家人吃饭。坐在欧阳觉身边的二少奶奶庄嫩贤,忽扭头对欧阳觉说:"你身上像什么香味,挺特别。"

欧阳觉笑道:"咱家只有槐花的味。现在离花开还早着呢。哪有特别的香味?"正说着,忽然一怔,是不是那莎娜身上的味儿。刚才他和她挤在张仙阁的窗前看千里眼时,他觉得她真香,而且香得特别又好闻。难道自己身上也沾了她的香味儿了?

这一怔,他筷子夹的一块鱼掉在桌上。大少爷眼尖,马上用话遮了:"我知道是什么香味,午后二弟到店里来,正巧租界送来一些香粉纸摆在柜上。看来这种洋东西咱不能要,弄不好写字画画的纸都沾上这味儿了。"

欧阳老爷笑道:"纸店不少纸是写字画画的,文房不能有脂粉气。"

大家都笑了,接着吃饭。

本来没事,自然就过去了。

三

欧阳觉不知妻子嫩贤如何闻出他身上的异香，晚间脱下袍子马褂按在鼻子上，使劲闻也闻不出任何香味儿。可奇怪的是，转天早上起来穿衣时，果然闻出昨天那洋女人身上特有的气味。这气味一闻，竟使他心一动，是一种诱惑吗？

他暗自奇怪妻子嫩贤天天用的香粉，怎么没有这种往人鼻子里，再往人身子里钻的气味儿？

洋人用的也是香粉吗？

一连许多天，他天天穿这套衣服，为了天天早上穿衣时能够闻到这气味。他有点喜欢这气味儿了？反正一闻到这气味，立时就叫他想起那张奇花异卉般的脸儿，那双怪怪的却无比透彻的蓝眼睛，同时耳边还响起那洋女人叫他"熬羊脚"的声音。直到一天早上爬起来，找不到那套衣服，原来嫩贤交给姜妈拿去换洗了。

　　娴贤有些好奇,对他说:"你这套衣服穿了七八天,衣领都脏了,怎么也不换?"

　　可是,袍子洗过,香味没了,好像少点什么。欧阳觉又不觉总往宫南的店里跑。大少爷说:"缺什么告诉我,我后晌回家捎给你就是了,跑什么呢?"他心里有事怕给大哥看出来,大哥贼精,从此他再去宫南大街,故意绕开纸店,转两圈便回去。可是每次来一趟都是白跑,没有再遇到那洋女人,渐渐有点失落感。一天他想:"人家已经到这里逛过了,没事怎么会再来?"自己是不是有点犯傻。于是,只当一只俊俏的异鸟儿偶然飞来,落在自己胳膊上停一下,又飞去罢了。这么一想,渐渐也就安下心来,依旧天天访友寻朋,去琢磨他那些翰墨滋味了。

　　在外人眼里,在商的欧阳老爷对自己的两个儿子,肯定更喜欢大的。大儿子精明强干,年少有为,早早就把家中大业——两个纸店扛起来,而且炉火愈烧愈旺。可是,他对这个"游手好闲"的小儿子也一样的爱惜。每有人夸赞欧阳觉的文采超群,诗书画在津门后生中"无出其右",欧阳老爷的两眼立时笑成一对月牙儿。既然小儿子经商不成器,做个名士也不错。反正家里不愁吃穿。两个纸店天天出出进进的全是银子。而且,他家虽富有,却不像八大家那样炫富摆阔。

念过书的浙江人凡事有度,不喜张扬和招摇,只求日子过得殷实稳当,富足无忧。每年四月初一城隍会设摆时,城里的富室大户都要在家门口搭一个席棚,将家藏的字画珍玩都摆出来炫耀一番。他却只在大门左边放一张明式朱砂漆的供桌,放一尊浙江东阳金漆木雕的千手观音,东西很精,年份也老,烧香供上。还叫欧阳觉用红纸写一条横批"如在其上"贴在上边。不少人看到,都趴下来磕头拜一拜。

在码头上,没人不挨骂。有人说这个浙江佬真厉害,他把观音摆在房前,就是想叫人给他家磕头。可是谁又能叫他不这么做?天津的混混凶,谁家都敢砸,敢来动一动这尊观音吗?不怕天打五雷轰吗?

这些闲话欧阳老爷听到过,但他什么话也不说。年年城隍会,依旧在门前摆上这尊观音。这些年来,不少大户人家的设摆,有人偷,还有人抢,唯有老槐树下边的欧阳家一直平安无事。

要说念书人心里的主意都很正,这话是没错的。

欧阳老爷分外疼爱这小儿子,不仅因为他天资聪颖,勤学

上篇

Part One

清末城中一户人家的合影

和文气，还有一种与自己天生的亲切。欧阳老爷没有女儿，小儿子天性的依顺与乖巧弥补了这点人生的缺憾。欧阳觉从不惹父亲生气。他怕父亲生气。他在意父亲所有喜欢的事。他在外边的花摊上看到什么新鲜的花，总会把这花鲜亮地搬到父亲的院里。父亲那年摔了一跤，用起了手杖，他深知父亲酷爱苏轼，就把东坡那句"竹杖芒鞋轻胜马"写下来，请人刻在父亲的紫竹手杖上。东坡这句诗刻在父亲手杖上，就带一点吉庆之意了。叫父亲欢喜不得，常常拿给人看。

欧阳老爷爱惜这小儿子，还与他故去的妻子相关。他与妻子互为知己，曾经发誓相守一辈子。可是，人是说来就来，说走就走的，生死的事由不得自己。妻子是难产时走的，留下的孩子就是欧阳觉。妻子还留给欧阳老爷最后一句话："你将来要是待他不好，我就在阴间骂你。"这句话是他后来一直没有续弦的缘故。儿子就是他和亡妻之间的情义。

待到欧阳觉成年，他费了不少周折，才为儿子相中这个子不高，微胖，沉稳持重的庄姓姑娘。虽说还算白净细气，却缺少神采，五官小，一双单眼皮。外人说，他是看上了庄家的财富。庄家是做绸缎生意的，津门头号的老店。卖纸总抵不上卖绸缎的，一刀纸也不值一尺绸缎。在外人眼里，欧阳家把庄家小姐娶进门是占了便宜。

俗人看事，用钱做尺，自然不明白欧阳老爷为什么选定这个相貌平平的姑娘。不单是因为她性情温良，平和持重，嘴不能说，又好读诗书，能够与欧阳觉有话可说。更由于庄家的祖祖辈辈都在山东曲阜，那儿的人德行品德靠得住。这样的姑娘在天津应该不多。媳妇不是娶给别人看的，得要能与儿子一起和和美美过日子，这便拜托城中一位有声望的友人出门"说媒"，与庄家订了亲。

不管别人怎么猜度，庄氏过门半年，欧阳老爷的眼光就叫人信服了。这个少言寡语的女子，待人和善，别人与她也很好相处。与人说话时，只要出现一点相悖的意思，她即刻换了话题。开始被人以为她心眼多，渐渐看出这是她的本性——不与人争，也不好为人上。她做起事来不紧不慢，虽不麻利，却很少闲着。有时男仆女佣的事，比如收拾屋子院子、擦擦扫扫等等琐碎的杂务，也顺手做了，似乎哪里乱哪里不干净哪里有尘土她都不舒服，连二少爷桌上的砚台也总要洗净。一次，二少爷对她说："我砚台里的墨你别动，我喜欢用宿墨。"她什么也没说，只笑了笑，从此不再去洗砚台，只是把二少爷有时忘了盖上盖儿的砚台盖好。

二少爷一半时间在书斋里忙，一半时间是在外以文会友。

两人在一起时话并不多。这叫人以为他俩话不投机。一天，欧阳老爷与二少爷闲聊时，顺口说："你和娴贤在一块儿爱聊些什么？"

欧阳觉笑道："什么都聊，她话不多，不过她最爱听我说话。"这一句话便叫欧阳老爷放心了。还有一次，欧阳老爷听姜妈说二少爷喜欢吃瓜子，娴贤在屋里无事时就给他嗑瓜子，嗑好后放在一个素白的小瓷缸里，每天一小瓷缸摆在二少爷的书案上。姜妈笑道："二少爷在书房写字画画高兴起来的时候，几大把就把一缸瓜子全吃进肚里。"

欧阳老爷听了笑弯了眼睛，说："娴贤有点宠着他了。"并由此知道了这小两口子叫人不必担心的独特的夫妻生活。

可是，日子久了，叫人担心的事就出来了。这二少奶奶一直没有身孕。不光她没有，住在前院的大少奶奶也没有。大少奶奶可是娶进来四年多了。

婚后不孕是女人最大的事。

大少奶奶韦喜凤与娴贤完全是两种人。一切性情，正好相对。一个急一个慢，一个爱使性子一个耐着性子，一个由着自己一个由着别人，一个好发脾气一个没有脾气，一个好吃一个从不挑食，一个浓妆一个淡妆，一个穿红戴绿一个素雅端庄，一个好逛街一个不出门，一个爱说人一个不说人，一个不瞧书一个爱瞧书，一个走路像赶路一个走路脚底下没声音。可是这两个女人遇到怀不上孩子的怪事烦事却是一样。

喜凤刚过门三个月没怀上，就开始心急火燎。几年来成了她愈来愈大愈重的心病，到处找明白人打听，找名医望闻问切，寻觅秘方大碗喝药，肚子里还是没动静。

天津的女人只要不生育就去娘娘宫"拴娃娃"。喜凤拉着姜妈陪着她跑到娘娘宫的大殿，趴下来给送子娘娘磕响头。依照"拴娃娃"的规矩，趁着娘娘不留神——其实娘娘是泥塑的，哪里会留神不留神——从娘娘宝座下边一堆三寸大小的泥娃娃中"偷"走一个，拿回家中，放在橱柜下边别人瞧不见的暗处。

人说这娃娃就是天后娘娘赐的孩子。别看这娃娃是泥捏的，得要诚心待他，每天吃饭时都分出一点放在泥娃娃身前，也叫他有口吃的。都说这泥娃娃灵不灵验，就看待他的心诚或不诚。如果一年怀不上，转年还要到娘娘宫再去烧香磕头，再求娘娘。这泥娃娃也必须带上，还要送到娃娃店里用水化成泥，重塑一个。重塑的娃娃一准大一点，过了一年的娃娃也长了一岁，个子也应该要再大一点。如果哪一天自己真的怀上身孕，生下孩子，这泥娃娃不用送还庙里,改称"娃娃哥哥",放在家中一直供下去。因为他是娘娘派来送子送福永久保平安的。

　　喜凤自从娘娘宫拴来娃娃,就一直当作祖宗供着。没多久的一天,忽然呕吐得厉害,真以为娃娃显灵了。请来医师一瞧,脉上并没有喜。原来她嘴馋,好吃零食,吃杏干吃坏了肚子,白白高兴了一场。这一落空更是恼人,她就把不孕的根由,像一个屎盆子扣在大少爷头上,动不动就和大少爷吵。弄得家外边的人都把大少爷看成废物。大少爷怕她,只能心里憋屈。

　　可是如今二少奶奶也没孕,怎么说呢?事出在哪儿了呢?

　　二少奶奶很稳,不动声色,从不与人说道。这种事没人敢问,只有喜凤向她打听,她也只是嘴角微微浮出一笑。她表面不急,也不去求医问道,可是她回到西城的娘家时,是否与她娘悄悄说一说,这就谁也不知道了。欧阳老爷却从她平静得如同无风的湖面一般的脸上,偶尔看到一点淡淡的愁云。

　　那时候,一个女人嫁出去,不给夫家生孩子,就是顶大的错了。一天,大少奶奶与大少爷拌嘴,吵来吵去又吵到没孩子这事上,她撒起泼来一发狠说了这么几句:"怨谁?二少奶奶为吗也怀不上?就怨你家这房子太阴,风水全叫这大槐树遮住了。院子里连根草都不长,哪来的孩子?你有本事把这大树拔了,

上篇

Part One

十九世纪末往来于天津老城与紫竹林租界之间的轿车（版画）

什么都有了！"喜凤的嗓门很高。

欧阳老爷坐在屋里，隔院听到喜凤这话，虽然没有言语，心里却觉得不好，这种话带着邪气，太冲，可别惹着谁。二百年的老树哪能没有神灵？他心里并不是白嘀咕。

喜凤这话是头年入夏时说的，没过多久忽然那些吊死鬼由天而降。跟着就是闹乌鸦，摔坏了老仆钱忠，除夕放焰火又烧去了一块大树，原先"槐荫满院"，现在变得白晃晃，好好的日子像要塌下来似的，挡也挡不住……下边接下来还有什么。

这一天，大少爷差人回家找欧阳觉，叫他到宫南的店里去一趟。传话的人也不知道什么事，只说愈快愈好。

欧阳觉赶到宫南，远远看见裕光纸店门口站着两人，一人是哥哥欧阳尊，另一人没认出来是谁，捏着一根衣兜烟卷抽。这种烟卷是由海外运进来的洋烟，和中国人的旱烟袋不同，它把烟丝塞在很细的一根薄纸管里，再放进一个纸盒中，平时掖在衣兜，抽时拿出一根用火点着，很方便。烟丝还有种特别的香味，抽上瘾就绝不会再抽烟袋了。

欧阳觉知道他们干纸店的，最怕的是火，所以店内不能抽烟，抽烟全在店外。他走近了一看，抽烟这人原来是马老板。他一怔，上去搭讪道:"马老板怎么来了?"

不料马老板龇牙笑道:"这不是请您来了?"

欧阳觉问:"请我嘛事?"

马老板还是那张笑脸:"哪是我请,是上次来逛娘娘宫的法兰西的莎娜小姐请您。"

欧阳觉听了不觉心头一亮,他禁不住问:"她干嘛请我?"

从那次一见,事隔已一个多月,开头还当作事儿,过后以为只是一次偶遇,早撇到一边,完全想不到她还会记得他,甚至叫人来找他。

马老板说:"这莎娜小姐说您是好人,瞧上您了,说跟您在一块好玩,打上次回去这一个月里跟我说了好几次,要请您去她家。我一直忙,今儿才过来。"

欧阳觉有点惊喜了:"叫我去租界?嘛时候?"

马老板说:"我来一趟也不易,您要是不忙,咱就过去吧。我来时跟她说,要是找到您,就拉着您过去。"

大少爷欧阳尊一旁听得也觉得新奇。他跟马老板打趣说:"可别叫这洋闺女把我兄弟拐走,那我弟妹还不跳井。"

马老板说:"你甭说不吉利的话,不过这洋小姐来了一段时候,没人跟她玩,腻得慌。放心吧,下晌我就把二少爷送回到这里。

走时嘛样，回来嘛样！"

说完便拉着欧阳觉走到宫南大街的街口，上了马车，一路朝着紫竹林去了。这种往来于老城与紫竹林租界之间的新式轿车，轮子大，跑得快，车厢下边有洋人造的弹簧，跑起来也不颠屁股。车厢四面全镶着玻璃，欧阳觉坐在里边，觉得分外光明。不知是轿子里的光，还是心里的光。

四

相对欧阳觉前一次来租界,这是第二次。

那次是随哥哥欧阳尊一起来,买一种修理纸店库房房顶用的防水的灰膏,这种灰膏是从海外运来的很管用的洋货。货物存放在租界靠白河一边的仓库里。实际上那一次他没有进入租界。这次不一样,直入中心,有如进入洋人的肚子里。

从车窗上一掠而过的奇形怪状的建筑,怪模怪样的人和装束,离奇的车辆,特别是一个戴小圆帽的洋人骑着一辆只有两个轱辘的怪车非常自如,叫欧阳觉看得瞠目结舌,以致忘了和身边的马老板说话。马老板却对他说:"你这神气就和前些天莎娜小姐走进宫南大街时完全一样。"

面对着笑呵呵的马老板,他不知说什么才好。

车子忽然停下来,车门开了,一下车,完完全全是在另一个世界了。街两边矗立着各样尖顶、方顶和圆顶的小楼,这些楼房比起老城那边的房屋至少高了两倍。身在其中,如在峡谷,一种森然、静穆、奇异又陌生的气息让欧阳觉不知所措。跟着,糊里糊涂地被马老板引进一道黑色的镂花铁门,面前是一条花木簇拥的石径,一座红色尖顶的洋楼半隐半现在浓密的树丛后边。忽然楼门一开,里边跑出一个人来,好像一只奇大的蝴蝶,伴着笑声,轻快地飞到他眼前。那张灿然开放的荷花一般娇嫩的脸,那种好闻又熟悉的香味,是莎娜。这竟使他比上次见面时还蒙。

莎娜却手指着他,一个字一个字地清脆地叫道:"熬——羊　　脚!"

她笑,马老板笑,他明白过来,也笑起来。一下子,又和上次一样完全放松开来,又找到了那天在逛娘娘宫和张仙阁时那种感觉。一种挺美好的老朋友相见时的那种感觉来到欧阳觉的身上。

她高高兴兴引着他们走进她的家。

他头一次进入洋人的家里。

进来一看,洋人才是真的不可思议。屋里的一切一切,全都见所未见,不知或者不懂。沙发、地毯、吊灯、钟表、窗帘、

上篇

Part One

十九世纪末天津紫竹林租界

衣镜、油画、摇椅、壁炉、雕塑、十字架、风琴……各种怪模怪样的柜子上各样从未见过的摆饰，高大通顶的书架上各种洋书，还有趴在地上的一只卷毛大狗，两只很大的耳朵软软地垂在额头两边，虽然一动没动，却用一种警惕的眼神望着他，连这狗的模样也是匪夷所思。他不曾想到世上还有这些东西，他心中的天国里也没有这些东西。这些东西怎么用和究竟有什么用？他连问都不知道怎么问了。

当阳光带着树影穿窗斜入房内，照得满屋子大大小小古怪离奇的东西五光十色。这个洋人的世界真是怪异又神奇。

莎娜把欧阳觉拉到另一个房间，叫他看到一个竖立着的木架，上边挂着手枪和一把带鞘的军刀。她通过马老板告诉他，这是她爸爸的。她爸爸是法兰西的一个军官。她说起她爸爸时，神气很骄傲，好像在说一个英雄。她说这把手枪是爸爸的心爱之物，枪筒超长，没有人的手枪比这枪筒更长。枪筒愈长，子弹射得愈远。但是这种枪射久了，必须抬起另一只胳膊架着枪筒。她说她爸爸是神枪手。

她拿起这只黝黑发亮的手枪，放在他手上。

他感到很重，很凉，他听人说过洋人的火器能在数百步之外，要人性命。他还感觉有点可怕。莎娜看了看他的面孔，笑嘻嘻从他手里把枪拿去，并对他说了一句话。他听不懂。马老板告诉他："莎娜小姐说，她也不喜欢这种东西。"

他很奇怪，莎娜怎么知道他心里的感觉。

他看见桌上立着许多照片。莎娜指给他看，一个穿军装、挎刀、络腮胡子的男子就是她爸爸，满下巴的黑胡子像是用浓墨画上去的，模样有点吓人。另一张照片上笑眯眯的中年洋女子是她妈妈，虽然装束怪，神情挺和蔼。马老板说她妈妈在法兰西没有来，莎娜也只是来玩一玩，还要回到妈妈身边。此外便是几张年岁不同的小洋姑娘的照片，一看就是一个人，个个都像小猫小鸟，欧阳觉指一指莎娜，莎娜很高兴他认出了她。

欧阳觉已经很喜欢她笑的样子了。

莎娜让他看壁炉架上立着的一件东西，原来就是那个望远镜。她说这是她爸爸的。她爸爸喜欢这种单筒的望远镜，很轻便，握在手里时人很神气。忽然，她上去一把抓在手里，心血来潮般一拉欧阳觉的衣袖，带着他们从家里跑出来。她跑在前边，欧阳觉和马老板跟在后边，连马老板也不知道她要跑往哪里。那只刚才趴在地上的卷毛大狗也跟着跑了出来。跟在他们后边跑了一会儿，才掉过头回去了。

那时租界的房子并不多，横着穿过两条街，房子便愈来愈稀少，再往前边就是没开发的旷野了。野地里没有耕田，光秃秃只有杂草、芦苇、荆棘和灌木丛。然而几百步开外，却有一座白色的空荡荡的小洋楼立在那里。法租界距离白河很近，背后便是长长而幽暗的河水与湿漉漉和发黑的泥滩。河中默默地行走着一些木船，岸上几乎看不到人影。

这是一座没完工的小楼，院里长着齐腰的野草与杂木。不知这小楼当初为什么孤单地建在这里，为什么没有完工，扔在这里至少有几年了吧。一些粗糙的墙面已经被野蔓覆满，使这座身份未知的废楼多一点神秘的气息。初夏方至，鲜亮的黄色的小野花带着生气到处开放，引来一些野蜂嗡嗡飞舞。

莎娜似乎对这座小楼挺熟悉，径直带着他们进院、进楼、上楼。空楼里出乎意外的干净。大概租界是禁区，离老城那边很远，没人会到这儿来。若在老城那边，所有废屋都会腐朽不堪，甚至用作茅厕。这小楼的上上下下连一块碎砖也没有。由于没有安窗，窗口洞开，只有一些干枯的叶子，以及鸟粪与羽毛。

小楼只有两层。可是顶上边还有一间小小的六边形的阁楼，

上篇

Part One

单筒望远镜

藏在楼房的尖顶里。当他们从一条很窄的木梯登到这阁楼上,景象全然变了。阁楼东西两面墙上各有一个窄长的窗洞。由于这里高,四外一马平川,楼里的风挺大。奇异的是,这两个窗洞面对着的竟然是两个全然不同的风景——一边是洋人的租界,一边是天津的老城。欧阳觉感兴趣的是洋人古怪的世界,莎娜的兴趣却完全在天津老城的一边。她把望远镜拿给欧阳觉,叫他去看她眼中奇妙无比的老城远景。这真有点奇妙!

尽管欧阳觉天天生活在老城里,一切司空见惯,但从这里一看,地阔天宽,竟然如图画一般。

从紫竹林这边向老城那边望去,除去沿河一些零散的村人聚落,全是漫漫荒野、草坑、水洼和乱树岗子,以及穷人们零落的野坟。左边是白河,有如一条灰色的带子无尽无休地环绕在苍茫的大地上,并一直伸向无尽的远处。在白河渐渐消隐的前方,有一小块闪闪发亮的地方,大约就是三岔河口了。他把望远镜凉凉地压在眼眶上,居然看到了娘娘宫前的两根旗杆,但已经像两根针一样立在那里。发光的河口右边还竖立着一个小小的灰色的小方块,应该是望海楼教堂吧。他环视一下,不曾想到天津这地方有如此多的寺庙,星罗棋布,形姿各样,好像摆在大地上的一些精致的雅玩,真的好看。正面看去,围在一道矮矮的濠墙后边，铺陈着一片巨大的棋盘状低矮拥挤、密密麻麻的建筑群，肯定就是天津老城了。他用眼睛细细寻找，渐渐将四座城门和四个角楼逐一找到。可是由于城中千家万户的烟火，城池上边压着一层灰蒙蒙的云烟，即使莎娜教给他如何转动望远镜的上下两节去看清远处的景物，却怎么也看不清城里边更细小的东西了。

欧阳觉想告诉莎娜，自己就住在那里。但是他们之间没有语言，他只好向她指了指自己，又指了指那里。

她不明白，朝他皱眉。她皱眉的样子也很可爱。

他灵机一动，先指指自己说了一句"熬羊脚"，跟着再指向远处老城的远影，莎娜马上明白——那里是他居住的地方。莎娜似乎对他很赞赏，他的机智使他们相互沟通了。

他们还会怎么沟通呢？

他们相互向对方介绍窗外自己居住的那片天地，还有那片天地中的自己——这些就要靠马老板帮忙了。

马老板笑道："原来莎娜小姐最想知道的是二少爷，二少爷最想知道的是这位莎娜小姐。"

太阳偏西时，他们才走下这个小楼。他们全都心满意足。

马老板叫来一辆车子，他还要亲自把欧阳觉送回老城。在莎娜的家门口，欧阳觉登上轿车告辞回城时，心里边竟有一点流连之感。他说不出为什么会流连。不知道这流连出自内心，还是从莎娜眼睛里看出来的。他能看出来这双蓝眼睛里那种微妙的情不自禁的意思吗？

车子走了起来，他隔着车玻璃，看着她一直站在那里——站在那个花枝缠绕的黑铁门前。在渐行渐远中，她好似一点点退入一幅画里。

在车上，欧阳觉和马老板交谈的话题，只有莎娜，没有纸店。他从马老板嘴里知道莎娜比自己小六岁，今年十八岁。她来到租界两个月吧，本来是来找父亲玩的，但现在中外的关系很复杂，民间对洋人的强势渗入很反感，租界的处境有点紧张。她爸爸想找一位可靠的要回国的人把她带回去。马老板说："我和她爹熟，她爹在租界两三年了，管着法租界的军队和保安。前次是她爹叫我陪她到老城去逛逛。那次我也是和她头回见面。我和她远不如跟您熟。我还对她说您是天津卫的才子，能诗会画，写一手好字。"

"真的？"

上篇

Part One

清末光绪年间天津人描绘紫竹林法租界的版画：《法界马路》

"什么真的。不是我非要告诉她,她对您刨根问底。"

"对我刨根问底干嘛?"

马老板笑道:"那您得问她去。别看我总跟洋人打交道,洋人的心思我摸不清。她说您特别像一本洋书里写的一个中国人。"

"什么书?"

"我说洋话行,洋文不行,我怎么知道。"

说话时候,车子已经过了大营门。欧阳觉说:"我怎么觉得回来的路比去时的路短?"

马老板说:"不会啊,同一条道啊。"

马老板是个靠得住的买卖人,他一直把二少爷送到宫南。天已经擦黑了,大少爷还在店里等着兄弟。马老板见面便对大少爷说:"完璧归赵。我把二少爷好好给您送回来了。不过您可得看住了二少爷,那位洋小姐对您家二少爷着迷了。"

"甭我看着,你别再拉他去就是了。"大少爷说。

大家说说笑话,都没当作事儿,随即散了,各奔东西。

心里边有一点事的是欧阳觉,但叫他说,恐怕他也说不出是什么事儿。他与哥哥关了店,叮嘱好值夜便一同叫辆敞篷的马车回家去了。

到了家，见张义守在门口，说欧阳老爷叫他们回到家，先去老爷那里，老爷有事在屋里等着。

他俩进了屋便见父亲神色凝重，一问，欧阳老爷拿出两张画放在桌上，叫他们看。他俩取过来看，是两张木版彩印的小画，像是年画。不过画上的内容从来没有见过。一幅画着一群老少，文武僧俗，一起举棒痛打几头猪。上边一佛一道脚踩祥云高悬顶上，画上题着五个大字《释道治鬼图》。另一幅上边写着《射猪斩羊图》，看上去有点像十殿阎君的图画，可是阎君换成一位大官。手下一些兵弁拉弓施射。另一端是一头黑猪被绑在洋人教堂里那种十字架上，黑猪身上已中满了箭，鲜血淋漓，咧嘴嚎叫。这幅画两边写着一副对联："万箭射猪身，看妖精再敢叫不；一刀斩羊颈，问畜牲还想来么"。

欧阳老爷说："这是今天下晌张义去北大关荣昌海货店买鱼时，一个人塞给他的。"

大少爷接过话说："这是仇教的画，我见过。画上的猪是指教堂里洋人信奉的神仙耶稣。这画多半是山东那边传过来的。打头年那边就闹义和团，官府一直弹压，今年开春以来又闹得厉害起来。"

欧阳觉没见过这画，对大哥说的这些事不很清楚，没有插嘴。

欧阳老爷说："我看这画正是这个意思。虽说义和团打的旗号是'扶清灭洋'，不跟官府作对，只跟洋人为仇。可洋人都住在咱天津的租界里，只要别闹到咱这儿来就好。"

大少爷说："近来市面上确实有点不安静，人杂一些，传言也多，但都不足为信。只是信洋教的有点犯嘀咕，还没听说出什么事。反正咱家没有信教的，杀猪杀洋也杀不到咱家来。眼下看，还算太平吧。"

欧阳老爷还是心事重重，他瞥了一眼桌上那两幅画，说："看这股子劲儿，一旦闹起来可就要杀人放火。三十年前天津望海楼教案死了多少人？那时还没有老二。我人还在老家，听了都怕。"他忽然转脸对小儿子欧阳觉说，"你怎么一直没说话？"

谁想欧阳觉笑了，说："我看这两幅画是俗画，很难看。人不像人，鬼不像鬼。"

欧阳老爷听了有些气愤。他对欧阳觉说："老二，您念书念傻了吗？念书可以不做官，总不能两耳不闻窗外事，整天全是唐宋八家，四王吴恽。若是世道乱起来，圣贤书是不管事的。"说着，气又上来一些，加重声音说，"国事、家事全都连着，你

上篇

Part One

《射猪斩羊图》1891年出版于汉口。广泛流传于湖南，后沿传于北方

先把写字画画的事撂一撂吧。从今天起，你们两人各盯一个店，你也帮帮你兄长。"

欧阳觉不知父亲为什么凭空把这些还没有的事看得这么重。他怕父亲生气，忙说："父亲说怎样就怎样。"

欧阳老爷沉了沉，放缓了语气说："顶要紧是门户和防火。首要是防火。假若时局有变，纵火是常有的事。干纸店的最怕是火。据说山东、河北那边乡间义和团闹事就是放火，烧教堂时连带着烧店铺。店里的水一定要备足了，水会那边要多走动走动，天津的水会很讲规矩，可是还是要多使些钱，真用上人家时，人家便会出力。"

哥俩忙答应。欧阳老爷说："你们两个谁盯哪个店？"

欧阳觉马上说："我在宫南吧。"

谁也不知他为什么抢着要盯宫南的店，大概只有他自己明白。大少爷也没多想，便说："也好。宫南的店二弟更熟一些。估衣街那边店大人杂，我盯那边吧。"

待把这些事安顿了，欧阳老爷也就定了神。

从欧阳老爷院里出来时，大少爷对欧阳觉说："二弟，你可别再去租界，叫人把你当成二毛子。"

欧阳觉怔了一下，跟着笑道："我干脆也加入义和团吧。"他向来不关心时局，没把父亲和大哥那些话太当回事。

大少爷忽然一本正经地说："进屋先把衣服换下。今儿那香味更大，挺冲，别叫嫩贤起疑心。"

欧阳觉又一怔，抬起胳膊闻了闻自己的衣袖，这次还真闻到那种美妙的香味儿了。是啊，想想这一下午，他和莎娜一直都挤在那小楼的小小的窗口边。

五

自今日始，欧阳觉就在宫南的裕光纸店当班了。但人在曹营心在汉。他人在这儿，心却没在这儿。

幸亏裕光纸店并不指着他。

二十年来，这纸店早叫欧阳老爷调教得有章有法，进货出货，进钱出钱，进账出账，人管着事，人管着人，全有规矩。大少爷接过纸店这两年多，一切都遵从父亲制定的章法办事。连自己要多用点钱，都得回家向父亲要，不在纸店的账务随便拿银子。这表明这家宁波人门风清正，家教严明。外人都说这家裕光纸店，即使掌柜的三个月不来，店内店外照旧井井有条。因此如今欧阳觉在店里舒服得很，甚至有点闲了。他坐在那儿，心里边瞎琢磨的既不是笔墨意趣，更不是时局，他心里向来没有时局。打他心里头不时冒出来的，还是前两天在租界的小白楼用望远镜看到的那些景象,还有那双亮晶晶照人的蓝眼睛,以及叫他"熬——羊——脚"时那种让人喜欢的神气。

这双蓝眼睛已经不那么怪怪的了。它止不住地在他心里亮闪闪,叫他有点坐不住了。

几天来,他一步也不离开店铺。好像一直在等人,等着谁呢?只有自己明白——是在等马老板。

这天,真的有人来找他,却不是马老板,是婌贤。她怕他在外边吃不好,打北城里亲自送来一提盒菜食。婌贤是小脚,她不肯费钱雇一辆胶皮车,走这一趟不算近,她叫张义送一趟不就行了,为什么偏要自己颠颠地跑来?显然她心疼这位从来不当班的二少爷。细竹条编织的提盒里边上下三层,一层是鲜芦丝炒肉,一层是炸河虾,一层摆着十六个猪肉白菜馅的饺子。每一层都用新生出来的湛绿的小荷叶垫在下边。这一切都是她亲力亲为。一瞬间,叫欧阳觉心里不知怎么生出一点歉意来。

一天,他听一位管运货的伙计韦小三说,近来洋纸一直缺货,时下时兴石印,石印的东西又快又漂亮又省钱,老式的木版刷印根本没法比。但石印是海外传进来的,机器是人家洋人的,纸也是洋纸好用,都得从租界那边进货。洋纸用量大, 货跟不上就会中断，热买热卖的东西就怕断货。二少爷说："那得快去找马老板啊，要不你去把他找来。"说这话时，他心想这可是个好机会，马老板肯定一叫就来。

谁知韦小三摇摇脑袋说："马老板信教，租界那边信教的现在都不大敢过来，这边整天嚷嚷义和团快来了，专逮租界里的二毛子，据说逮住了就割鼻子割耳朵挖眼珠子。"

欧阳觉说："哪会呢？"

韦小三说："外边说得更玄了，都说义和团还要来拆紫竹林租界呢。"

"洋楼怎么拆？"

"听说义和团用一种红绳拴住洋楼，一拉就倒。"

"洋人的洋枪我见过，那可不叫吃素的。"

"人说义和团会法术。上了法，个个如同身穿铁布衫，刀枪不入，还能把洋炮上的螺丝钉全取下来。炮都不能打，甭说洋枪了。"韦小三说得像是真的一样。

二少爷不信，笑着说："真比孙猴子还厉害呢。你说的义和团在哪儿呢，你领几个来叫我开开眼。"

他叫韦小三无话可说，可是马老板真的不露面了。

上篇

Part One

十九世纪末西方人在中国的生活

两天之后，一早欧阳觉从家里去往宫南纸店，刚到街口，就见那里停着一辆玻璃轿车，车窗玻璃后边恍惚有一个人影，向他起劲地招手，定睛一瞧，好像是莎娜！他过去，车门忽然开了，一只雪白的手伸出来，抓着他的胳膊用力一拉，拉他的劲儿很大，他不由自主地被拉上去。人一到车上，车子便走了。这时他发现，车上的人真是莎娜，而且只有莎娜一个人，这次没有马老板。马老板怎么没来？她拉他上车的劲儿怎么这样大？她拉他去哪儿？

　　他问她："马老板呢？"

　　问完之后才想到他们的语言不通。

　　莎娜却好像明白他的问题。她从手包里拿出一个纸条给他，上边写着几个毛笔字："今天有事不能去。"然后手指着纸条说了一个"马"字的中文发音，意思是这纸条是马老板写的。

　　他明白了，立即点头，并会意地朝她笑了。

　　莎娜很高兴他明白了。带着一点调皮的神气，指着纸条连续发出了这个中文字音："马、马、马"。

　　两人都笑起来。他们有了沟通，还有了一种逾过障碍的快感。

　　在这行进中有些颠簸的车子里，没人帮助他们沟通，一切只有靠他们自己。他们便尝试着从眼前的事物开始——比如：

你、我、车子、头、嘴、吃、看、想等等一个个意思,把各自的念法与发音告诉给对方,也模仿对方的发音与念法。由于发音和念法不同,说不清谁的嘴笨,谁的嘴灵,谁念得对或者不对。可是,每每弄明白了对方的一个意思,就给他们带来很大的快乐。但有时也会陷入语言隔绝的困境里,一同摇头,陷入无奈。他们感到各自的语言都是对方的墙,但他们在努力翻越。就这样,他们像哑巴学话那样,不知不觉来到了海大道。

欧阳觉还是不明白,她要拉他到哪儿去?干什么去?但这些问题他无法表达。

莎娜没有让车子走进街口,下车之后,也没领着他去到她家,而是径直去往那个兀自立在租界外边荒野里孤零零的白色小楼。这时他才明白她的想法,她已经把这里当作他们的乐园。

他们高高兴兴地向里跑进去。莎娜跑在前边,她翻动的裙脚撩动着草地里长茎的野花欢快地摇摆。欧阳觉从来没和任何女人这样一起玩过,这次居然是一个洋女人,这使他有一种特别新奇的快感与兴奋。他们跑进楼,径直上去,在登上阁楼那个又窄又陡的楼梯时,她回转过身,伸过一只手来,他大着胆子把手伸给她。她很大方,一把抓住。一握手的当口,他感到她的手光滑、细腻、柔软，又小。他有一点心魂荡漾。

在阁楼里，她又把那支黄铜的单筒望远镜掏了出来。这次，她还掏出一个长方形的小纸盒，是衣兜烟卷，但只是装烟卷的空盒，她从中拿出一沓方形的硬纸片。她拿给他看，纸片正反两面全有字，一面写着鬼画符一样、看不懂的洋文，一面写着中文字，一个或两三个字，都是用墨笔写的。这纸片两面的字意是相同的吗？它是干什么用的？

莎娜指着租界这边远处一个高高的尖顶房子，先叫欧阳觉用望远镜找到，然后从纸片中找出一个纸片来。她是凭洋文找的。然后，她把这纸片反过来递给欧阳觉，叫他看上边的中文。欧阳觉一看，上边的字是：教堂。

欧阳觉脱口说出："教堂。"

莎娜高兴地点头，并大声说了"教堂"的洋文。随后又从烟盒中找出另一个纸片，递给欧阳觉，这纸片上边的毛笔字是"是"字。她向他表示，远处那座高高的尖顶的房子——"是"——教堂。

欧阳觉把纸片的"是"字念出来。

莎娜立即模仿欧阳觉，也念出"是"。她发音很准。

欧阳觉点头连连说"是！是！是！是！"他称赞她念得对。

于是，他们快乐地笑起来。好像他们之间又搭上一条跳板。

欧阳觉反复地说这个"是"字，连连点头，称赞她的聪明。谁能想出用这小小的纸片——这个绝妙的好办法，一下子就使他们隔着一条河，把手牵了起来。莎娜明白他在称赞自己，笑容满面的脸上似乎还有一种成就感呢。

于是他们继续用这些奇妙的纸片，加上各自的聪明，相互沟通着。

他感觉这纸片上的字，应是马老板帮她写的，就询问她。他先用手比画写一个中文的"马"字，然后说出："马？"他想，她肯定听过别人用"马"字的中文发音，呼叫过马老板。

果然，她明白，立即从手中这沓纸片找出汉字的"马"字来，跟着把她刚学会的"是"字，再次念了出来！她运用得极恰当！

两人都快活至极，人的沟通原来可以这么快活有趣。这个洋女子竟然这么灵光、有趣、可爱。

阁楼的窗洞又小又窄，两人兴致勃勃在窗洞口一起向外张望时，不自觉地挤在一起。这使他闻到她身上迷人的香味儿。现在这香味不是从她的衣服，而是从她身体里散发出来的，从她金色的卷发和光洁又细长的脖颈散发出来的。由于他离着她太近了，看见这脖颈上一层细细的柔软的绒毛。他正紧挨着她柔软又温暖的肉体。他感觉有一种比兴奋更强烈的东西，不像语言那样需要沟通，一下子就从他的身体、他的本能里蓬勃而出。他的脸发热，心噗噗地跳。

这当儿，她正扭过头来，好像要对他表达些什么。但这一瞬，她看到眼前这中国男人眼睛里有一种炽热的东西，她不再需要语言，一下子就读到了这种东西。

她那如花一般的脸正与他面对面。

那一刻静止了。幸福诞生之前有时有点可怕。

他直视着她的蓝眼睛，通彻、透亮、纯净。虽然他从来没有直视过一双蓝色的眼睛，但不再感到怪异，而且他从中居然看到那种使他牵动魂魄的东西。不需要理解，不需要多想。忽然，她上来吻了他的脸颊。

也许这一切来得太突然，太意外，太急促，也太热烈。欧阳觉竟然像傻子一样站在那里，一动不动。他不知发生了什么。如果这时一切都要依靠他的本能，他的本能也停滞了，他完全不知道自己接下来该做什么。

半天，莎娜才扭过身，从放在烟盒中的纸片中找了半天才找出两个字：抱歉！

欧阳觉还是不知怎么表达。当然他要拒绝道歉，却没办法

上篇

Part One

Victoria Park in British Concession, Tientsin

戈登堂建于1890年，英租界最大建筑。以英国军官查理·乔治·戈登命名。1862年戈登作为英法联军指挥官来过天津。在庚子事件中，联军总指挥部设在这里

表达。两个人此前所有的沟通方式好像又都消失了。

他们无奈、尴尬、无措,刚刚发生的美好的一切又莫名奇妙地中断了。

从小白楼走出来后,他们一路无言。两人在海大道口分手,欧阳觉登上租来的车子,咯吱咯吱走了不久,莎娜居然坐着另一辆马车追上来。她给他一张纸片。欧阳觉拿在手里一看,上边的中文字居然是:明天。

此时,她的蓝眼睛里的东西很难弄懂。是一种歉意、悔意、失落、担虑,还是一种深切的祈望?

欧阳觉回到宫南,已过了午时。

他在街上的玉食轩要了一碗肉丝面,吃进肚子。但他的魂儿不在身上,吃完好像没吃。他进了纸店,和伙计们心不在焉地打过招呼,便一头扎到纸店后边的房间。本想歇一歇,可是身子歇着,心里边却歇不住。伙计送来的热茶,带着盖儿就喝,弄得半碗热茶都倒在桌上,把账本也泡了。伙计说,今儿上午没开张,这两天市面有点怪,人愈来愈少,宫南大街所有店面都冷清得很,只有去庙里烧香的人愈来愈多。韦小三说总督裕禄大人今天一早把武卫前军调到城东把守铁路,是不是和眼下说不明道不清的事情有关？

欧阳觉未置可否。

韦小三是个好说话好打听事的人，有点大舌头，说话含糊不清，听起来像"跑火车"。他很想把各处听来的消息和二少爷起劲地说一说。可是欧阳觉跟大少爷不一样，对世面上闲杂的事情向来没有兴趣，现在更没心思听这些乱七八糟的事，便叫他到街上去买两张近几天的《国闻报》。其实他平日根本不看这种报纸，只想托词把他打发走。

快到晌午，有三个外地来的人推门进店，装束非常特别，脑袋上都扎黄巾，一个满脸乱糟糟的胡子，一个耳朵缺了一块，另一个平平常常，多半就是人们说的义和团。他们说是要买黄麻纸，印揭帖用。不过人挺规矩，按价付钱，反比本城动不动就耍横的锅伙混混们要强。

此后便再没人进店买东西。

欧阳觉一直坐到后晌下班，看着伙计们上了门板。回到家，吃过饭，便一头扎到书斋里。他今天遇到的事叫他心头荡漾，难以平复，却不能叫人看出来，只有一个人待在书斋，可又不能闲坐着，看书看不下去，只好写字。他想起还欠着朋友一幅字，此刻心里没有灵气，只好写老词儿。于是铺开纸去写《左传》上"惟力是视"那句现成的话。提笔刚写到第三字"是"时,眼前又冒出莎娜那小纸片上马老板写的"是"字……跟着便是白天发生的那些奇妙的事。那双叫他魂迷的蓝眼睛,脖颈的绒毛,肉感的小手,还有她突然送给他的一吻,全都涌了上来。他反复揣摩那一吻的感觉,奇怪的是为什么这最惊心的一吻反倒没有任何感觉?他伸手摸了摸自己的脸颊,并无异样。再去感觉,更无感觉,那个吻跑到哪里去了?脸颊是毫无记忆的吗?他渴望她再给自己这样一吻,于是想到她给他看的那张写着"明天"两个字的纸片——这是约定他明天再见。那么,将要到来的明天将会发生什么?

他禁不住放纵地去想,一堆疯狂的画面出现在他的想象里。

门开了。

婉贤安静地来到他的书斋,端给他一小瓷缸嗑好的瓜子,个个洁白可爱。她倚着身边一把座椅高高的椅背,细声慢语地说道:"你今天好像有事不愿向父亲说。"

他一怔,静了静,支应地说:"是啊,买卖不景气。"

那时这样的家庭,男人在外边做事,女人是不多问的。她便换一句话说:

"你今天身上香粉气挺重,又有人送那种粉纸来了吧。既然父亲不喜欢,就别进那货了吧。"

他又一怔,再静了一下,说:"是,不进了。"

"听说山东和河北的义和团往咱天津来了,喜凤说都是从南运河坐着船过来的。大哥不是在估衣街那边的店里吗。官府正派兵去截,不叫他们下船。"

"甭听乱传。"欧阳觉说,一边提起笔来接着写字。

婉贤向来话不多,今天多说两句,本想听听他说一些外边的事,见他无心说话,不想惹他心烦便回房去了。剩给他的都是对明天的胡思乱想了。

六

整整一夜,他没有睡,满脑袋里却全是荒诞不经的欲望及想象。他一直背对着婌贤,好像怕脑袋里的东西给她看见。

第二天早起,他吃过饭,便去宫南,到了乱哄哄的街口,没有见到莎娜的轿车。他在道边一个杂食摊找一条空凳子坐下,随便要一点吃的,一碗热茶,却没吃没喝,只为了坐在那里等候莎娜的车子来到。一直等到杂食摊的小伙计两次走过来,问他还想添点什么,这种问话实际是催促他快吃快走。可是,莎娜的车迟迟未到。他等得捺不住了,忽然想起,昨天莎娜把那张"明天"的纸片拿给他看时,还曾朝着小白楼那边指了一下。难道是表示她在那里等着他吗?如果真是这样,她已经等他等了许久。他马上雇了一辆轿车,直奔紫竹林。

他坐在车里嫌车子慢。

待车子过了海大道，离着紫竹林还有一些路时，他就蹦下车来，这叫车夫有点奇怪。前边还有一段路程呢，干什么不坐车非要走呢？

他步行，是因为他想不进租界，打算从外边绕到那个小白楼去。可是这一段路全是野地，到处乱石岗子、土丘、草洼、水塘，虽然他心里有大致的方位，走着走着就开始担心自己迷路了。

然而，当他穿过一片遮身挡眼的野生的杂树时，那个渴望中的小白楼竟然出现在前边。这次换了一个角度，小楼背后是一片浩荡而无声的白河，它兀自立在这空荡荡的背景上，有一点孤寂。她在那里等着自己吗？

他急忙跑过去了。地上坑坑洼洼和乱草乱枝两次把他绊倒在地。他爬起来继续向前，而且跑得更快更急，没有什么可以阻止他。他跑进院子，没见她的身影。他跑进楼，一直到二楼上，仍然空空无人。他急了，叫起莎娜的名字，好像这洋女子一下子没有了。当他气喘吁吁登上阁楼，依旧没看见人，刚要转下来，忽然两条胳膊从背后把他紧紧抱住。他看不见她，首先看见的是紧紧抓在他胸前两只雪白的手，活灵灵像两只白色的小鸟儿，还闻到那令他迷醉的香味——莎娜！

他猛地转过身，不等他看清她，她那芬芳而柔软的嘴唇就把他的嘴紧紧堵上，她的嘴唇竟然抖动得那么厉害，而且热得发烫！她那细小的鼻孔急促地喘着气，这叫他也用鼻孔急切地喘气。一下子他全身的热血沸腾起来。于是，他的身体与她的身体如两股滚热的潮水那样融为了一体。昨天整整一夜的胡思乱想立即神话一般成为现实。

他完全陷入一种不顾一切的疯狂里。既有生命的狂放，翻江倒海般地发泄，尽情地纵欲，自焚一般地无所顾忌，又有来自一个从没有体验过的金发碧眼的女人赤身裸体的刺激。而对于这个洋女人，他这个同样没有体验过的异国的男人是否也是刺激？反正，他们忘乎所以地一同创造着一种极致的要死要活的快乐。

开始他不敢看她，不敢看这发生的一切，闭着眼睛，凭任自己生命的冲动；等到他睁开眼睛看到了她金色卷发中快乐欲绝的表情，雪白的肌肤中赤裸裸暴露着的最私密的地方，他变得不再是自己了，他更像一头发情发狂的野兽。

他身体里一种未知的野性忽然出现并迸发出来。

谁也不会想到，也不会知道，在老城和租界之间一座荒芜和废弃的小楼里会发生如此不可思议的事。

在这狂风暴雨过后,他们像死了一样,莎娜赤裸地趴在他的身上一动不动,他们谁都不动。生命停摆了。他们在享受这神奇的一刻吗?

好像过了许久,她忽然叫了一声,他们听到了什么动静,都吓了一跳。坐起来后,发现楼梯的下端多了一团挺大的东西。开始以为是人,定下神来一瞧,原来是前两天他在她家看到的那只浅棕色的卷毛大狗。它趴在那里一动不动,好像早就趴在那里,没有出声,它不想打扰他们吗?它的目光似乎有点柔和,呆呆地望着他们,直到他们穿上衣服,走下来。

莎娜从手袋里找出那个装着纸片的烟盒,从中找到一个纸片给他看,上边写着"爸爸"两个字。跟着,她发出的洋文的字音竟然也是汉字"爸爸"的声音。洋人叫爸爸也是这个发音吗?他有一点奇怪。

她指一指自己,又指一指自己的家那个方向。他猜想,多半是她爸爸叫这只卷毛大狗来找她,招呼她,她爸爸正在家里等她。她必须回去。

她把他送到海大道的街口,雇到了一辆车。分手那一刻,他发现,她的脸上分明充满了无限的快乐、幸福,还有一种难舍难分的情感。这情感让他十分动心。如果不是有车夫站在那里，她肯定会扑上来抱住他吻他。他登上车，她又跑上来给他看了一如昨天的那个纸片，上边写着犹如快乐化身的两个字：明天。

从这天起，他们几乎天天在兀立白河边这个荒芜的小楼里相见，相拥，亲昵，厮缠，纵欲，尽情地欢乐。对于他们，小楼不再是荒野一座废楼，而是他俩的天堂。在这里，各自的世界不再具有魅力，一切魔力都在他们自己的肉体上。他们甚至不再需要那些纸片上的文字了。他们好像天生就会阅读对方，用本能的肢体的行为畅快无比地交流着。这种伟大的天性的交流居然超越了一切文明的障碍。这种超越只是一时的，还是永远的？现在他们会想这些吗？

她和他没有不同。如果有，就是反过来——她比他更主动，如果和他家里的女人嫘贤相比，则更是截然相反。她不像嫘贤那样拘束，节制，被动，总像被捆绑着——既捆绑着自己也捆绑着他。莎娜不然，她不会害羞，而是向他快活地敞开自己，也主动向他索取，享受着他也让他尽情享受着自己。也许正是这样，她让欧阳觉感受到从未有过的一种本能与天性的放纵。

他们一起随心所欲，相互燃烧。他们在相互爱抚时，还一边自言自语，各说各的，不管对方是否能够听懂。她甚至轻轻唱起一支歌儿来，不知是为他还是为自己唱的。他听不懂歌词，却能从这种不曾听过的古怪又奇妙的曲调里，听出无限的温柔与深情。

这是一种非常美妙又神奇的体验！

她的蓝眼睛已经完全不再怪异了。在那透彻、纯净、空明之中，现在又多了许多东西。他能感知这些东西，这些东西在他心里也有。

欧阳觉不能向任何人诉说这种神奇的快乐。相反，他更不能被人发现。他必须不断改换去往租界那边的各种路径。他过去不曾来过这些地方，现在才知道由老城到紫竹林这一片地域竟然如此辽阔。由于他必须躲开一些有人的地方，往往路途就变得更长，更远。如果他要躲开船多人杂的白河沿岸，路途至少就增加一倍。

有一次，他绕来绕去，走进一个三四十户人家的小村，村边有一些废船，树间晒着黑色的细线绳编织的渔网，村里住的大概都是船户或渔民,村中间一块空地上有人练拳。打春天以来，不少地方年轻人赤膊光背，练这种雄赳赳的"义和拳"。练拳时还唱一种歌谣：

>　天打天门开，
>
>　地打地门来，
>
>　要学真武艺，
>
>　就跟老师来。

　　他不知这是什么意思，但唱起来很好听。当他穿过这小村时，被村里的人当作从租界出来的信教的二毛子截住了，好一通盘问才放出来。还有一次他赶上骤雨忽至，荒野里无处可躲，便钻进一丛密实的野树丛里，足足一个多时辰才把雨躲过，却还是淋成了落汤鸡。待到了那小白楼，叫莎娜笑得喘不过气，把他扒得精光。她喜欢他被扒得精光的样子。

　　这样，在欧阳家里，最先发现他变化的就一定是娴贤了。别看她人静默，却敏感而心细，一切她都看在心里。她和喜凤不同，欧阳尊的一切都在喜凤眼里，也在喜凤嘴里，并且总在喜凤的嘴里叨叨。欧阳觉的一切全在娴贤的心里，她却不言不语，含而不露。由他身上的气味，他各种细小的变化与不同，直到他每天回家来的神气，他的言谈话语——她发觉到他与以往大

上篇

Part One

义和团民在练习拳法

不一样了。

原先那种所谓洋粉纸的异香,现在跑到了欧阳觉的头发里、内衣里、胳肢窝里。他的衣服有时脏了一块,有时破一个裂口,一天居然穿一件亮闪闪、崭新的袍子回家。他说是自己在宫前逛盛华衣装店时买的,可是他从来不自己到街上买衣服,年年春秋两季时令更衣之前,都是欧阳老爷从老家请来"红邦"裁缝为一家老小量体制衣。欧阳老爷认准宁波裁缝的手艺,根本瞧不上粗手笨脚的天津人的针线活儿。

她猜不到他这些变化的缘由。

再去留心和留意,她还发现他许多方面都不对劲儿——说话有时着三不着两。全家一起吃饭时,父亲和大少爷谈起外边日见其乱的时局时,他心不在焉,完全接不上话茬,而且既不上心,也不担忧,好像他在天上活着。有时他会异乎寻常地兴高采烈,吃起东西又多又香,倒在床上呼呼大睡。

一天夜里欧阳觉先上了床,娴贤卸了妆,来到床前,见他已睡得正酣,衣衫也没脱,心想他整天待在店里,太多的辛苦。她想给他脱下衣衫,换上细绸子的睡袍。一掀起他的衣领,吓了她一跳。他肩背上怎么受了伤?细一看,竟是两排牙印子!细小的牙印,虽然不深,却渗出血迹,这是怎么回事?再往下一拉，露出一个鲜红又清晰的唇印。她看呆了，明白了。

当然，她又不明白，这个在他肩背上留下牙印和唇印的女人是谁？即便如此，嫩贤仍然相信丈夫的人品，不信他会去嫖娼狎妓。他平日往来全是文人雅士，诗画良朋，这女人会从哪儿来呢？

这一夜嫩贤没睡，听了他一夜的鼾声。

转天起来，嫩贤照旧侍候他用过早点，去宫南纸店当班。她没露出一点儿心里的东西。

欧阳觉照旧由宫南街口，转道去了租界那边。他已经被卷入欲海之中，什么也顾不得了。直到晌午后才与莎娜分手回到老城这边。

他在街上吃过东西，到店点一点卯，决定先去育婴堂后边的天仙池泡个澡，把在小白楼里滚的一身土洗净。初夏来了，身上有土有汗不舒服。

天仙池是天津最好的浴池了，近两年很时兴，有钱的人都喜欢去泡澡。里边有两个池子一温一热，众人共用。来泡澡的人都脱光了，先在温水池里泡一会儿，让汗毛孔张开，再去热水池里烫一下。热水很烫，进了热水池都免不了大叫一声，可是这热水能把身上的脏东西都烫死。待到热池里烫过,再回到温水池里搓洗干净,这便有一种说不出的清爽舒服。都说在这里泡一次,便如同脱去一层皮,成仙一般。

欧阳觉和大少爷每个月至少来两次。天仙池的花费高,来到这儿的人彼此大多认得。今天,欧阳觉脱去衣服,光溜溜进入温水池,池水二三尺,人都靠边坐着泡澡。这时一个人从那边的热水池爬上来,顺着池边从他身后走过,停了一下,忽然蹲了下来。他扭头一看,这人胖大滚圆的身子叫热水烫得红通通,像个刚蒸熟的大河蟹,还冒着热气儿。一张鼓鼓的圆脸朝着他笑嘻嘻。再一看,原来是城内隆盛酱园的少掌柜孙少俊,一个城中无人不知的浪荡公子。孙少俊把脑袋探过来,小声对他说:

"欧阳二少爷最近跟谁好上了?"

欧阳觉吓了一跳,心想自己的事怎么会叫他知道。他说:

"胡说什么?"

可还是摸不清头脑。

孙少俊还是笑嘻嘻,说:

"哪是我说的,侯家后谁不知道。"

侯家后在北城外,天津妓院扎堆的地方。欧阳觉一听才放心,原来他是在胡乱说笑。便说:

上篇

Part One

清末大户人家生活景象

"那是你常去的地方，我从来也不去。"

可是，事情并不简单。孙少俊忽用肥胖滚圆的手指肚戳了戳他右肩的后边说：

"这几口牙印子是谁咬的？说说，哪个妹子这么来劲儿？"说着笑出声来。

欧阳觉又吓一跳，自己后背哪来的牙印子，真的吗？他马上想到是莎娜咬的，他不知怎么回答，有点发傻。所幸这孙少俊并不认真，光着身子，打趣儿着走了。

他马上从池子里爬出来，去到自己包下的一间歇身的小屋子里，屋子里有躺椅、茶桌、衣架、立式的穿衣镜。他赤条条背对着镜子，扭过头一瞧自己的后背，果然有两排牙印，热水一泡，更加清楚。

他无心再去泡澡，躺在躺椅上想一想，心里开始打鼓。他确信这是莎娜咬的，可是这是在哪一天？如果是今天留下的还好办，如果是前一两天，会不会已经叫娴贤看见了？他仔细回想自己这几天的经历，觉得应该是大前天，当时他好像还叫：

"哎呀，你咬死我了！"

他说的是中国话，她根本听不懂，可是那时谁还管谁说的是什么。

如果真是大前天,晚上睡觉时,婌贤就有可能看到。再一想,他觉得不妙,她应该是看到了,因为今天早上她伺候他吃早饭时,与往日不同,有点闷闷不乐。婌贤向例与他相敬如宾,通常他出门,她都会送他到他们居住的那个二道院的院门口,但是她今儿怎么一直待在屋里没动劲儿。欧阳觉原本也还敏感,只不过他的心思全在莎娜一边,一点儿也没有留意,现在愈想就愈觉得她知道了。

后响回去,他有意试一试她,婌贤如同往日,帮他宽衣换鞋,给他备上洗脸的热水,为他沏茶,还叫姜妈把书斋的熏香点上。一切又像什么事都没有发生,但他心里还是打鼓。他太了解婌贤,她是个把什么不好的事都掖在自己心里的人,一个把伤口藏在心里忍着的人。

七

今年欧阳家老槐树的花期迟了。每年这个时候,全家都会兴致勃勃等着迎接它花儿大开,香气四溢。

娴贤刚来到欧阳家那年的花开时节,欧阳觉还把一些好友约到他的家来。

那天他在大槐树下放一张大画案,摆上纸笔墨砚。欧阳家里的文房器物全是老东西好东西。纸是徽州泾县的,墨是曹素功的,笔是詹大有的,砚是肇庆的端砚,一方明制的天青砚,素面无工,只一个小小的磐片状的墨池,高古简约,叫人生爱。至于笔洗、镇尺、砚滴、笔架等等,无一不是精致的雅玩。这些文友就以头上的槐花为题,诗词唱和,书画帮衬,来一次雅聚。

那天,娴贤还用家里保存的去年的槐花,给二少爷的文友们各沏上一杯淡金色的槐花茶,好激发他们的情致。欧阳觉只

觉得哪位神仙拍了一下他的脑门,随即写下了一首五言诗:

> 槐灵摇笔管,
> 花魂醉墨池。
> 丹青无须画,
> 心诗天地和。

这首小诗叫友人们都叫好,尤其是"花魂醉墨池"一句,可以入典了。一时叫父亲和家人们都觉得脸上有光。过后,婌贤便用她那规矩又娟秀的馆阁体的小楷,把这首诗抄写在一张自家在文美斋定制的"槐荫堂"的笺纸上。欧阳老爷高兴地说,以后每年槐花时节,都在家里举行这样一次诗画雅聚。地方换到他前边的院里。他那道院有客厅,更气派。他说还要亲自出面,把城里马家桐、赵元礼、孟绣村等老一辈的名家请来一些,给这些有出息的后生们指点指点。

父亲的雅意叫欧阳觉和婌贤兴奋异常,心怀希望。

可是,去年老槐树身上出了那一堆邪乎事,就把这些心思全扰乱了。而且今年天热得奇怪,刚入五月就像下火了,鼓成豆儿一般的槐米就是不张开,花儿好像憋在那儿。要是总不开花,花骨朵不就蔫了？花香不也就没了？

但是今年好像没人顾得上这事了。老爷和大少爷整天为时局犯愁。买卖的兴衰从来都是和时局连在一起。谁也猜不透官府到底是想压着义和团讨好洋人，还是想和义和团联手，杀一杀胃口愈来愈大的列强？时局不定，人心散了，买卖明显一天不如一天。谁还想得起那种太平日子里添花添彩的事。二少爷更像忘了似的，直到今天，对这件诗画雅聚的事只字不提。

惦着这老槐树的似乎只剩下一个人，就是二少奶奶婉贤。其实婉贤是为了大家高兴才更用心。她早早叫人去把落花时收槐花使用的扫帚、簸箕、竹箩和晾晒的竹席全都买来。槐花是要入口的，所用的家伙必须是干净的新的精制的。她认真做这些事，是想叫一家人日子安稳，老人心安。

欧阳家的男仆女佣都明白二少奶奶这份心意。

人意还得随着天意。谁也无法知道如今的天意了。

欧阳觉今天早上一出门，看到门前停着一辆轿车，城里边乘坐的车多是胶皮车，怎么来了辆轿车？恍惚间他竟以为莎娜坐在里边——可是莎娜怎么会跑到他家来？她连老城都没进过

上篇

Part One

清末城中士人生活景象

呢。只听车门一响，从车上跳下来一个人，却是大少爷欧阳尊。大少爷没等他问，就叫他上车，跟他坐车去一趟估衣街。欧阳觉怕莎娜在小白楼那边等他，便说：

"嘛事这么要紧？我上午宫南这边有事，下午再去你那边吧。"

大少爷说："嘛事也没这件事要紧，你跟我来吧。"说着硬把欧阳觉拉上车。大少爷比他年长七岁，虽然待他很好，但性子强，自小欧阳觉就对这位兄长惧怕三分。今儿见大哥说话的口气和脸上的神气都有些强硬，不知为了什么，只好依着他了。

一路闷闷无话，车子出了北城门外。可是刚进北大关，情形与平日不同，人很多很杂，正前方真武阁那边更是挤满了人，气氛紧张，好像出了什么事。正这时，有人"啪啪"拍打车厢，喊着："快下车，大师兄刚下船，马上过来了！"

欧阳觉把车门推开一半，对外边说："我们去估衣街，我们的店就在街上。"

没想到，话音刚落，外边就骂上了："你他娘的就是府县老爷也得滚下来，没听过'大师兄一到，文官下马，武官下轿'吗？"说着猛一拉车门，差点把欧阳觉带下车去。

大少爷欧阳尊见状不妙，忙说："好说好说，听你们的，我们这就下车。"

哥俩慌忙下了车，付过车钱，赶紧往估衣街走，都没敢正面瞧瞧喝喊他们下车的是什么人。

今儿估衣街不比往常，人至少多了三倍，好像大庙出会时那样。再一看，来来往往的人也跟平时不大一样，很少来逛街或做买卖的，而且全是男人，没几个女人。男人中大汉居多，又黑又壮，全像农家人，身上没什么东西，顶多背个袋子。有的人背后居然插一柄大刀，刀把上垂一条红布穗子，有的人手持红缨扎枪，有的人干脆拿着锄头或一根打狗的榆木棍子。这当儿，一个比常人至少高出两头的光头汉子从对面虎虎生风地走来，忽然站住，瞅着他俩，问一句话，声调像唱戏的铜锤那样瓮声瓮气。欧阳觉没听清他说的是什么，刚回问一句，大汉就火了，朝他叫道：

"是直眼吗？"

口气凶得吓人。这话是问他俩是不是信教的二毛子。那时候，教徒在教堂里都两眼朝上，望着上帝。不信教的人便骂他们"直眼"或"二毛子"。洋人是"洋毛子"，信洋教的就是"二毛子"

或"直眼"。不过"直眼"是山东那边对教徒的蔑称,天津这边多称"二毛子",欧阳觉不大清楚,大少爷反应神速,笑着说:

"哪能信那个骗人的破玩意儿,我们是在前边干纸店的。您用纸自管找我。"

光头大汉瞥了他俩一眼,理也不理,径直走过去,好像一只猛虎擦肩而过。

大少爷赶紧拉着欧阳觉拐进青云栈旁边一条小小的横街。估衣街两边的街巷都是愈往深处愈窄,最窄的小巷像鸡肠子,对面走人时必须侧过身,吸口气才能走过。他拉欧阳觉先走进一条鸡肠小巷,又扎进一个窄仄的小院,再钻进一间斗室,里边坐着一个人,见他们便站起来。这人戴着一个深色的茶镜,唇上两撇小胡,不知是谁。

坐下后,这人把眼镜一摘,一双鼠目直冒光。一看这双眼,有点熟。对方说:

"二少爷,我是马老板啊。"

欧阳觉这才认出是租界那边的马老板。他哪来的胡子?不等他问,马老板便说:"胡子是临时粘上的。"

欧阳觉说:"你干嘛这个扮相?"

大少爷已经满脸气愤,不容他们多说,就对马老板说:

上篇

Part One

大批团民由山东和河北拥入天津

"把话全都告诉他吧!"

马老板迟疑了一下,便对欧阳觉说:

"二少爷,您可甭再往法租界那个破楼去了,再去就没命了!"

说话口气很急,好像出了什么事。

欧阳觉很奇怪地问他:"你怎么知道的?"

"不光我知道,租界里好几个人和这边做买卖的中国人都知道了,有人看见您天天和莎娜小姐到那小楼里边去。您可别怪我说。要在平常我半个字儿也不会说,更不会跟大少爷说。现在我是怕闹出人命来。"

"还有谁知道,莎娜小姐她爹知道吗?"欧阳觉问。

"我就是怕她爹知道才来找您的。她爹可厉害了,他要是知道了还不一枪崩了您,莎娜小姐也肯定好不了。您可千千万万不能再去了!他会带着洋兵找您来,他可有好几百洋兵呢。不单洋枪,连大炮都有。他可是法租界最厉害的武官!"

欧阳觉还要问话,忽然从大少爷那里一个巴掌飞过来,"啪!"响亮地抽在欧阳觉的脸上。由于用力过猛,竟把欧阳觉连人带椅子全抽翻了。一只鞋飞了起来。

马老板吓得叫出声来。

欧阳觉被突然猛烈地一击,傻了。自他长大,他大哥从未打过他,更没使过这么大的劲儿打他。这表明大哥已经怒不可遏。

他被打得晕头转向,耳朵嗡嗡发响。马老板赶紧把他拉起来。只见大少爷脑袋上青筋暴起,眼睛瞪得极其可怕,浑身剧烈地发抖,站在那儿一句话说不出来。他好像还有更大的愤怒要发作出来。

马老板被吓呆了,不知如何缓解这局面,只是说:"都怨我,怨我不该说,怨我多嘴,我不该来!"不过他还是苦苦地劝欧阳觉,"不过我还得要说,二少爷您可千万不能再到租界那边去了。自打昨天,白河上来了好多外国兵船,哪国都有,租界里到处是洋兵,联军的总部就设在英租界的戈登堂。马上要和咱们这边打仗了。这会儿要是叫洋兵逮着就真没命了。再说,山东河北的义和团都往咱天津这边拥,如果叫他们以为您私通洋人,也没命了。莎娜小姐可是个洋人呵!"

大少爷突然把心里的话叫出来,虽然只是几句话,每句话都裹着一团怒火:

"这种连王八蛋都不干的事,你干?要是叫嫦贤和爹知道了怎么办?不是要他们命吗?租界那边都有人知道了,这边能没人知道?你不是要把咱家全毁了吗?你叫我怎么办?"

说到这儿，气上来，又怒到极点。欧阳觉吓得趴下来给他跪下。他只朝欧阳觉喊了一声：

"我没你这兄弟了，死活你看着办吧！"

扭身拉开门，出去，一摔门，走了。

屋里只剩下欧阳觉和马老板两人。

欧阳觉半天没言语，只是马老板在说：

"您要怪只怪我，别怪您大哥。他怕您这事惹祸招灾，你们一个买卖人家惹得起谁？该知道，这仗非打不可了。洋人、官府、义和团全要打。租界洋人那边天天增兵，火炮都运来了。打今天开始，租界已经出告示不叫进人了。老城这边也不好过来了。像我这种教民，已经没人再敢往这边来。今天，我是冒着一死，化了装，给您报信儿来的，您听我一句劝吧，千千万万不能再去了。"

欧阳觉开口却问：

"你可见到了莎娜小姐？"

他这句话叫马老板暗暗吃惊，心想这二少爷非但没有对自己言谢，此刻心里惦着的，居然仍旧是她。马老板摇摇头说：

"没有。十天前见过她一次,她叫我买一种洋人用嘴吹的'口琴'。打那一次就再没见过她。"

欧阳觉马上联想到,她在小阁楼哼歌给他听那可爱的一幕。他想,她肯定是想用这个"口琴"吹给他听。他问马老板:

"你能给我带一句话给她吗?我只求你这一件事。"

马老板心想,这二少爷中邪了,别看他长得聪明,心里挺迂。马老板知道这种事劝也没用,便说:"您说吧。"

"你告她,今天下午在那小白楼等我,不见不散。"欧阳觉停一下,有点冲动地对马老板又说,"不管怎么样,就是生离死别,我也要再见她一次。"

他居然还要去!

马老板没想到,自他那次带二少爷去莎娜家,前后不过半个多月,到底怎么一回事,这二少爷竟然变成了这样。他认准二少爷着了魔,疯了。没再多说,多说也不管用。心想人家的生死,还得由着人家自己,反正自己仁至义尽了。他便戴上那个深色的茶镜匆匆告辞而去。

马老板走后,欧阳觉还是放心不下。心想今天整整一个上午,他没有去到小白楼那边,莎娜肯定去了,却一直没见到他。莎娜会为他担心,而且她一定会坚守在那里——等着他。怎么办?

他不忍心她死死守在那里。于是,他眼前出现了那个可怜的洋女子孤单单地站在小楼前的身影,就像兀立在野草地里的那个荒废的小楼。他想,自己应该立即站到她的面前。

八

时局如同天气，说变就变，今天和昨天确实不一样了。

这些日子，欧阳觉的眼睛里心里只有莎娜，别的什么也看不见放不下。今天知道自己身上的事与外边的世界相关，才去注意外边。这一看，原来这天下真的有事了，而且要出大事了。

他从估衣街出来，跑到北大关雇一辆胶皮车，急急忙忙赶到东南城角，一直往溜米厂，路上处处遇到麻烦。

那时，街上跑的胶皮车是从日本来的，称作"东洋车"，不知从哪天开始，这些"东洋车"的车背上都必须贴上一张纸，写上"太平车"才能通行。没贴这张字的就不让通行。拦车的未必是义和团，有些是本地的混混痞子捣乱，或乘机勒索。欧阳觉坐的胶皮车没贴"太平车"，两三次被拦，使点银子才接着跑路。

再往前走，总有麻烦，而且坐在车上又太招眼，就下车改作步行。走在街上，看到一群人连喊带叫往城东北角崇福庵那边跑，说是去看义和团烧教堂，还有说去老龙头看团民扒铁道。天津这地方一惊一乍好起哄，他也不知道是真是假。

到了大营门他发现，今天去往紫竹林的轿车一辆也不见了。官府居然还派兵设卡盘查，武卫军也出来了，这些兵弁前胸后背都有一个"马"字，肯定是直隶提督马玉昆统领的武卫左军。还有些脑袋上扎着红黄头巾的——这就是义和团了。他们对往来的人问东问西，看似很严，也不知他们和官兵是不是一码事。

欧阳觉感觉自己今天不会顺利，要想去租界绝不能走这条路了。如果从地广人稀的南城外那边绕道走，就得兜一个很大的圈子，他从未走过那条路，不知要用多少时间。他在道边一个蒸食摊上狼吞虎咽地吃饱喝足，再买了几个豆馅包揣在怀里，动身向西走去，道上的人愈来愈少。到了南城外的海光寺一带，人烟又变得稠密一些，为了不被人注意，他离开大道，进入野地。当他跨过当年僧格林沁建的那道土围子，就全是大开洼了。他只听说过这地方叫"蓝田"，他从未来过，但心里却有一个明确的租界的方位。他执意这样走下去，便渐渐消没在一片草木丛生、野水纵横的荒地里了。

城之南从来一片蛮荒，水坑遍地，沼淖到处都是，野得很。要想越过这些天然的障碍十分费劲，转来转去，常会乱了方向。像他这样一直待在书斋里的书生，哪有穿越这种荒野的本领？好容易才绕过很大一片沼泽和水域，硬穿过一道密不透风、齐人高的芦苇，前边出现一片绿油油的平地。

他想到这块绿地上歇歇腿脚，一步跨上去，竟被一片密集的浮萍骗了，浮萍下边是漆黑可怕的深潭，瞬间只觉得忽地没了下去，冰凉的水一下子齐到胸口！他以为马上要没顶了，自己不会游泳，要没命了！他大喊"救命"——这呼救在荒野是不会有呼应的。谁知这时脚下居然神奇地触到了底。老天不叫他死！他一边挣扎，一边使出全身的力气，用了不少时候，才从这夺命的深潭里挣脱出来。

走出这片凶险莫测的芦苇荡，在前边零零落落也有几个小村。欧阳觉不敢往村里去，别再遇到麻烦，远远地避开了。直到日头偏西，才看到租界的影子。他有了希望，径直走去。渐渐地，不但看见一些高高矮矮的房子，还看到一条弯弯曲曲的土路，在斜阳里好像一条金色、发光的带子，浮现在暮霭笼罩的幽暗的大地上。他想到莎娜在那座小白楼里等他等得太久了，便加紧了脚步。可是，忽然他看到那条路上站着几个人影。他眼尖，定睛看去，竟然都是背枪的洋兵。他想起了上午马老板所说今天租界开始戒严的话。

依照他心中的方位，小白楼应该在道路的另一边，若要到那一边，就必须从前边这条土路穿越过去。路上有洋兵，就只好等到天色再晚一些穿过。现在周边苇丛中的水鸟太多，只要走动，就会扑喇喇惊起一些，很容易被洋兵发现。

他见右边不远的地方有一片野树林，决定先到那里藏身，歇歇腿脚，补充一些体力。他小心翼翼走过去，钻进了树林，从中找到一块稍稍宽绰又隐秘的地方，先脱去湿漉漉、粘在身体上的袍子，晾在树杈上，又用一个草窝里的积水洗去脸上的泥土，这时才感到上午大哥那记耳光留下了一个奇大的肿胀，沾上水，火辣辣地疼，肯定什么地方皮肤被打破了。他把带来的几个豆馅包全都吞进肚子，还趴到坑边喝了不少水，也不管水脏不脏了。

他正要坐下来倚着一棵树好好歇一下，忽然从周边昏暗的草丛里迅疾地跳出几个人来，没等他看清是什么人，一团布硬塞进他的嘴里，跟着一个厚厚的麻袋已经套在头上，眼前立时黑了。这几个人很有蛮力，几下就把他翻过身按在地上，手脚全用绳子结结实实地绑上。欧阳觉心想这回完了，落在洋人手里了，没命了。

欧阳觉被捆身蒙头，又被一人扛起来，走了一段路，才放下来。放下来时手很重，像把一只死狗扔在地上。他已经顾不上疼了。他以为到了租界，可是待一会儿，他又被两个人一前一后抬起来继续走路。大概刚才那个背他的人累了，换作两人抬。走一段路，再换成一个人背。他给蒙着头，看不见，却听到全是蹚草和蹚水的声音，好像一直走在这种野地里。他们要把自己弄到哪儿去？租界并没这么远啊，他们不是洋兵吗？可是这些人很怪，沉默着，声也不吭。

走了很长的一段路，停了下来，好像是一块平地了。他又像死狗那样被扔在地上，这一下他左腿的膝盖撞在地上，很疼。他已经顾不上自己的死活了。他一边的耳朵正贴在地上，听到了一些马蹄声愈来愈近，好像还有含糊的说话声。然后他给扛起来，横着撂到一匹马上。他身体朝下，肚子贴着马背，脑袋和双腿垂在马的两边。这时，他忽然听出这些人说的是中国话，并不是洋人，他们是谁？他的头被蒙着，听不清楚他们说的是什么。

跟着，马跑了起来，那些人挟持着他纵骑而行。

他耳边响着急促又混乱的马蹄声，身子在马背上剧烈地上下颠簸着。他感到头昏脑涨，脑袋要裂，脑浆子要迸发出来，肚子里的东西翻腾着，他的腰在马背上很快就要断裂了。他想喊：我不想活了，你们弄死我吧！可是他嘴里堵着布，无法喊叫。他愈来愈喘不上气，不知不觉昏了过去。

下篇

Part Two

一

欧阳觉醒过来时，什么也看不见，他以为自己瞎了呢，因为他耳朵能听得见声音，听得见人的说话声、马的嘶鸣，还有不知什么东西整齐而有力的"噗噗"声，不知这是什么声音。可是怎么一点光亮也没有，难道自己入了阴间？他动了动身子，觉得肩膀有一种被捆绑过的疼痛，还有一条腿的膝盖剧痛。这膝痛大概是被人扔在地上时摔的吧。这些疼痛唤起他对此前经历的记忆。现在绑在他身上的绳子没了，蒙在脑袋上的麻袋也没了，为什么还是一团漆黑？他眨了眨眼，眼球还能在眼眶里骨碌碌转动，吧唧两下嘴，嘴巴清晰地在响，掐了掐自己的胳膊，也有明确的感觉——自己分明还活着。于是他摸了摸身子周边，才知道自己坐在地上，背靠着疙疙瘩瘩的泥墙，地上有许多干草，好像是干稻草。

他知道自己被关在一间屋子里，现在很黑很黑，应该是深夜吧，至于谁关的，他则一无所知，也无法去猜。

过不多久，突然一声巨响，迎面一片强烈的白光亮照得他睁不开眼，随后在这片强光中，他看见一个黑黑的、看起来很强大的男人的身影走了过来。黑影一直投射在他身上。这黑影直冲着他喝道：

"你是不是洋毛子的奸细？"

欧阳觉这才知道自己确实没有落到洋人手里。他确实被关在一间黑屋子里。到底被关了多少时候？他醒来之前昏去了多少时候？全不知道。跟着，门又开了，又是一道强烈的光线照进来。原来现在并非黑夜，而是白天，这里这么黑，是因为门窗全部死死遮着。

跟着又进来几个汉子，其中两个举着火把，进来之后"啪"地把门关上。他不明白大白天里为什么不开着门，偏要关上门使用火把。闪动的火光照亮眼前的情景，十分吓人。刚才那大汉坐在屋子正中一条板凳上，硕壮的身躯如铁铸一般，火光中黑红的一张脸阴沉着，身后几条汉子分列两边，个个满脸凶横，这场面神威雄猛，气势逼人，很像到了关帝庙。再看这些人，装束很奇特,头扎蓝巾,腰束蓝带,腿缠蓝布裹腿,腰间斜插大刀。看样子,显然就是义和团了。他没想到天津这地方的义和团已经有了如此的阵势。迎面这大汉还是刚才那句话,厉声问他:

"你是不是洋毛子的奸细?"

欧阳觉说:"我家是开纸店的,又不信教,连洋话都不懂,怎么当奸细?"

他说的都是实话。因为全都是实话,所以说得很自然。

"你跑到租界那边去干嘛?"

他哪敢提莎娜。下边的话就是编的了。他说:"我店里的洋纸断货了,洋纸向来从租界进,我去看货,可是租界不让进了,再回来就走岔道儿了。"理由是编的,可洋纸的事是真的,他答得也顺溜。

"你右边脸上肿得这么高,怎么回事?"

他不大会说瞎话。可是到了生死关头,瞎话反而给逼出来了。谁知下边这个瞎话竟救了自己。他说:"叫洋鬼子打的。上来就抽我一巴掌。"他的瞎话听起来还挺合理。

这大汉听罢,沉吟一下,扭头说:"把三师兄叫来,这人归他了!"

很快门开了,随着外边射进刺目的光线,一个人进来。这人脸很白,爽健清灵,眉眼长得也顺溜,带一股英气。进来就称这大汉为"大师兄"。大师兄把欧阳觉交给三师兄后就带人去了。

屋里只剩下这个三师兄和一个举着火把的汉子。三师兄并不凶,说话直截了当,没有废话。他说:"我叫人给你们拿点吃的。我不绑你们俩,你们听好了——老实给我待着,不能出屋,有屎就蹲到屋子那边去拉,只要出屋就有人砍了你们。"最后这句话又冷峻又厉害。

三师兄为什么说"你们"而不是"你"?在火把的照耀中,欧阳觉这才发现屋子的另一角,还有一个人,也靠墙坐着。那人似乎很矮小,瘦骨伶仃,像个鸡架子。由于屋子那边暗,火光照不到,他没有看清那瘦子长得什么模样。

同时,欧阳觉还发现这屋子里横着几条很粗的榆木杆子,看来这是一间马房。自己被关在一间空马房里。很快就有人送来一盆粥、几个窝头、两个碗。三师兄没再说话,带着人去了,门"啪"地关上,并在外边锁死,屋里立时又是一团漆黑,一点光亮也透不进来,从这屋里也完全无法看到外边是怎么回事。很奇怪,他们干什么把屋子遮得这么严实,只是为了不叫他们

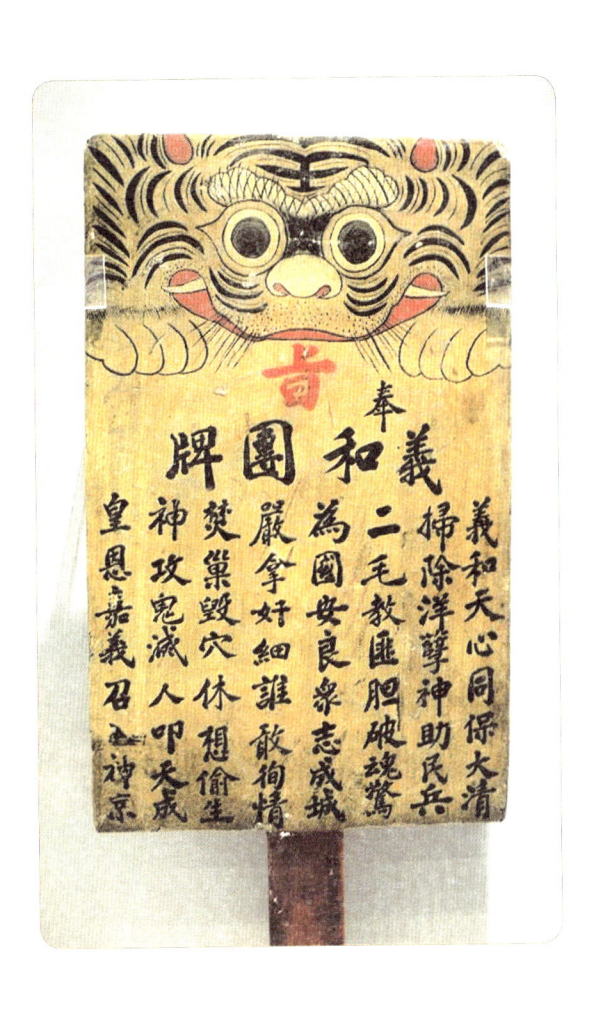

下篇

Part Two

义和团团牌

知道外边的事吗？

欧阳觉一闻到粥的味道，即刻感到一种强烈的饥饿感。他朝那些吃的东西摸去，抓到就吃，一通狼吞虎咽。那边那个瘦子也爬过来，两人胡吃了一通，好像吃山珍海味，很快就把食物吃得精光。可是东西刚吃进去不多时，欧阳觉的肚子就疼起来，很快就疼得难忍，感觉自己好像吃进去一肚子坚硬又破碴的石块。他捂着肚子满地打滚，他觉得肚子要破了。

黑暗中那瘦子问他："你多少天没吃东西了？"

欧阳觉看不见瘦子，只听见他的声音有点特别，很沙哑。

"我哪里知道被抓进来多少天了，你呢？"欧阳觉说。

"我进来时，你就一直昏在这里没动劲儿，我已经进来两天了，你肯定时候更长。"瘦子说，"这么说，你好几天空着肚子，现在一下子猛吃进去这么多东西，肚子必定扛不住了。"

瘦子说完摸爬到门口那边，不知从哪里弄了碗水叫他喝了，又帮他把腿屈起来，抱成团儿卧着忍着。

他疼痛难当之时，不知为什么叫出娴贤的名字来。那瘦子自然不知他喊叫的这个人是谁。

他在疼痛的缓和中渐渐睡了。又不知过多长时间，醒来依旧一团黑。瘦子在他身边，告诉他，已经过去了一天。一天里两次有人送进来吃的，瘦子没有叫醒他，因为他现在睡觉比吃东西更重要。瘦子说："我家是开药铺的，我懂点医，你先别吃东西，多喝水，消消食，等到肚子觉得饿就差不多了。"

瘦子又给他弄来一碗水喝下去，然后说："昨天那大师兄审你时，我听得出来，你不是奸细，我也不是奸细。我给谁当奸细？我去年才叫人拉着信了教。教堂总共才去了三四次。什么是教还没弄明白呢。你信教吗？"

"不信。一点也不懂。"欧阳觉有气无力地说，并问他，"他们就为了你信教，才抓你进来的？"

"不是。邻村一家一直欠我家不少钱，赖着不还，跟我家结了恨。义和团起来了，他们就告发我是洋人的奸细，说我给教堂的神父通风报信，想毁了我家，好把欠我家钱的事就此了了。这边义和团一听我是奸细就把我抓到这里来。"

"义和团会怎么办你？"

"砍头啊。你这还不知道？在义和团这儿，给洋人当奸细是最大的罪过，一准砍脑袋！"

"你实话跟他们说啊。"

"谁都不认识谁，我的话谁信？"

"那怎么办？"

"没办法。我挨了几顿臭揍，现在不再揍了。他们说要派人去到我们村里问问，只要有人肯出头给我作保就放我，没人作保就砍我脑袋。现在就看我们村有没有人肯保我了。这个坛口规矩很严，他们不乱砍人。可是如果没人保我，就认准我是奸细，一准要砍我。"

"你没做奸细，就一定有人会保你。"

"说不好。毕竟我是教徒啊，现在谁还敢保二毛子？我肯定没命了。你知道这坛口砍了多少奸细？砍完之后就扔到村子后边的乱葬坑里。"

欧阳觉叹口气说："他们会跑那么远的路到天津城里给我取保吗？要是没人去取证，没人作保，我也没命了。"

他感觉自己的处境如同这屋子一片漆黑。

两个临死的人只有说话，才能暂时避开心里的恐怖和绝望。

在濒死的面前，欧阳觉已经感觉不到肚子疼了。对于他，现在最想弄明白的是这群义和团到底是怎么回事，他从不关心时局，对义和团知之寥寥，他总不能糊里糊涂叫人给弄死，也不能这样束手待毙。他最想的是逃跑。他还是要去找莎娜。他不知道莎娜现在究竟怎样。她已经几天没有等到他,肯定焦急万分。只要他脑袋里出现她焦虑的样子,就更加急不可待地要逃脱出去。他问瘦子:"我们逃不出去吗?你对这里熟不熟?"

"你做梦!你长一对翅膀也飞不出去。"瘦子沙哑的声音说,"这儿可是小南河高家村,人家乾字团队总首领刘十九的总坛口。天牢也没这儿守得严。"

"天牢?难道这儿还关着别的什么要人?"

"这你就不懂了,这儿守得严,不是守着别人,是守着刘十九他自己。眼下不光是洋人,天津城南有权有势的教徒哪个不想要他的脑袋?杨柳青的石士元总听说过吧。"

"没听说过。"欧阳觉说。

"你怎么什么也不知道?石士元在杨柳青镇可是说一不二的大老爷!要人有人,要枪有枪。他信教,当然也不是真信,不过想借一点洋人的威风。义和团闹起来后,他在镇上立起一个假团。"

"什么是假团?"

"不是真的呗。义和团专跟洋人和教徒干。哪有教徒成立义和团的?他一口气安了十三个坛口,他家是总坛口。他居然下帖子到高家村来，请刘十九去'拜坛'，想借机除掉刘十九。结果叫人家刘十九灭了，还把石家的洋枪粮草全都缴了过来，成立了快枪队。刘十九机警过人，下手又狠又辣。在义和团乾字团里他属头一号。"

"他是这高家村的人吗？"

"不是。他是山东那边的，今年开春才到高家村来。"

"刚才那大师兄、三师兄呢？"

"不知道了。我也是才刚见到他们。"

"我不明白他们这些称呼，师兄都是哪些人？刚才这大师兄就是你说的刘十九吗？"

"那可不是！谁能见到刘十九呢？咱们算个屁，哪配刘十九审问？"瘦子说，"义和团的总首领不叫师兄，称作老师。这儿的老师是刘十九，听说他的大名叫刘呈祥。老师手下的几个头领才叫师兄。依次称作大师兄、二师兄、三师兄。"

"刘十九是什么长相？"

"我怎么知道，只知道他十九岁。要不都叫刘十九呢。"

"十九岁怎么会这么厉害？"欧阳觉惊奇地问。

"都说他是刘伯温附体，使火枪打他，像打一面墙，他纹丝不动。"

"真有这种法力？你知道的可真不少。"

瘦子听了，说话有一点起劲。可是愈起劲，声音反倒愈沙哑，好像嗓子是破的。他说："外边传得更神。你别不信。他今年春天才到高家村这边来安坛。他人刚一到，从庆云、盐山、德州那边立马就过来一万多团民来找他，把津西这一片大大小小的村子全占了。没有法力谁跟他？"

"他长得什么样？可是威武？"

"没人能说出他长什么样。我是大南河人，据说我们那边义和团的总首领韩以礼来到高家村这边拜坛，他都用红布遮着脸，只露一双眼。"

"他怕人看见他？那是为什么？"

"刚我不是说过，人人想要他脑袋，他怕人行刺！"

欧阳觉很奇怪，说："他不是有法力吗，怎么还怕行刺？"

"不知道，可是他并不怕死。听说每次上阵打仗，他必杀在最前边，洋人枪炮伤不着他。"

"真的？"

"反正洋人都怕他。这儿离租界不算太远，洋人从来不敢到高家村这边来。直隶总督裕禄也敬着他，据说头次和他见面时，还送他一匹红鬃马呢。那是一匹千里马。"

黑暗中,欧阳觉与这瘦子谁也看不见谁,只能听见瘦子沙哑的嗓音。瘦子说的这些见所未见、闻所未闻的事,给他描绘出一个怪诞离奇的世界。不管他信不信,反正现在自己落到了这个世界里。

几天前自己还在与莎娜一起纠缠在一个美妙无比、幻觉一般的天堂里,忽然一下子又掉到这个荒诞不经、光怪陆离的世界中来,真是难以想象,无法想象!可是,他与莎娜的事是自己真真切切经历过的,刘十九这些事却是瘦子绘声绘色说出来的。他有点怀疑瘦子这些话是否真实,是否是些讹传。他说:"我生活在老城里边,完全不知道外边这些事。我想不明白,这儿与老城里怎么会是完全不同的两个天地?你这些话是亲眼所见,还是道听途说来的?"

"我都快掉脑袋了,还会说儿戏的话?如果你们城里也成了义和团的天下,那会更不一样!你想得到吗——义和团从山东、河北那边到天津这边不过才两三个月,现在村村都立起坛口,人人都练拳习法,全要神仙附体。好像洪水到了,一片汪洋大海。要不你怎么会关在这儿?你刚见到的大师兄三师兄也是道听途说?"

欧阳觉无语了。他开始想，自己将会怎样？会只有死路一条吗？会不会再有生机？他还会遇到什么更离奇的事？这两个多月他遭遇到的，比他二十多年来遇到的事都多得多，而且全都离奇、荒诞、美妙又可怕。可是想来想去，现在他最惦着的还是分别在老城和租界两边、彼此毫无关系的几个人：一边是在苦苦等着他的莎娜，一边是突然失去了他、一定在焦急地寻找他的父亲、嫩贤，还有大哥。他怎样才能见到他们？

此刻，他如同跌落一个无底又无边的井里，愈落愈深，却抓不着任何能够救命的东西。当他感到茫然无助时，长叹一声，绝望地说：

"生不如死啊！"

瘦子沙哑的应答更绝望，也更冷静：

"我在劫难逃。"

瘦子猜对了自己的命，转天他被带走。他同村的人无人愿为他担保，依照义和团的规矩，他被拉去砍了头。到底是不是奸细，还是没人能够知道。他是不是屈死鬼，只有阎王明白。虽然这瘦子与他只有几日之交，而且是在伸手不见五指的黑暗里，瘦子留给他的也只有那极沙哑的声音印象，可是这个略通医道的瘦子帮助他消解了腹疼之苦。他心里感谢他。特别是瘦子的这些话，叫他知道了好多事，知道自己极其特殊的处境与险境。这些话告诫了他，帮了他，甚至救了他。

现在，只有欧阳觉孤身一人蹲在这黑屋子里了。

过几天，忽然门又打开，三师兄爽健的身影在刺眼的亮光中，对他说："你会记账吗？"

这句没头没脑的问话叫他怔了一会儿才说："我家是做买卖的，自然会记。"

三师兄说："你跟我来。"

他迟疑地站起身。刚起身，一时站不住，待站住了，又走不了，身子晃得厉害，左膝依然很疼。他摇晃着身子、一瘸一拐跟在三师兄后边走出屋子。更叫他受不住的是外边太强烈的光线，他在黑屋子里关了好几天，一出来眼睛都要照瞎了。他一边尽量保持身体平衡，不摔倒，一边把眼虚虚乎乎眯缝成一条细缝，才强使自己跟在三师兄的身后走到院子的另一头，进了一个小门。屋里光线暗，眼睛才舒服一些。三师兄说："你在这儿跟着这朱三记账，一切听他的。"

欧阳觉渐渐看清对面坐着一个人，近五十岁，一张暗黄的长脸没有光泽，芝麻小眼，嘴唇发白，鼻孔里伸出很长的鼻毛，像废井里伸出的野草。他身穿一件带补丁的破褂子，头上裹着一条蓝巾，一副不近人情的样子，此时正在一张小木桌前记账。桌上一个破算盘，一块石头砚台，堆满了账本。

三师兄说话做事麻利简练。他只对这朱三说了一句："看好他，把规矩告他，每天后响有人来领他回马房。"说完转身就走，来去如风。

朱三自己坐着，叫他站那儿听。朱三用训斥的口气，把这里十分苛刻的规矩一一告诉他，然后问他："我告诉你的，可都记住了？"朱三说话明显带着城南一带乡村的口音。

欧阳觉是个读书人，头脑聪明，立即把朱三东一句西一句的话，用《论语》里的话归纳为三条：非礼勿视，非礼勿问，非礼勿动。

但这种聪明在这儿没用，反惹来朱三的不高兴，向他喝斥道："用得着这么咬文嚼字吗？低头干活别东张西望，不准打听坛口里的事，在屋里待着，哪儿也不准去，私自跑出院子就打断你的腿。这几条规矩也记不住，什么木头脑袋？还用我再说第三遍吗？"

欧阳觉赶紧把朱三的话一字不差地重复一遍，朱三才满意。

现在他还不知道那个三师兄下边会怎么发落自己，当务之急是保住自己的性命。他最想知道三师兄有没有派人去到老城那边为自己是否是奸细去取证取保，但他不能问，因为取保这事是瘦子告诉他的，并不是三师兄对他说的。现在叫他来记账，至少说明还没有打算要他的性命。他只有把记账的事认真做好，叫他们高兴，认为自己对他们有用，才有活下去的可能。

欧阳觉发现，朱三这人看似不好对付，实际也只是一个认字识数的乡人而已，能耐十分有限。只要自己努力帮助朱三把事做好，并且让旁人觉得这些事全是朱三干的，叫朱三离不开自己，自己就有希望保住性命。其实，原本欧阳觉并没有这种处事处人的心路，现在给死活相逼，总算有一点了。

他干的活儿是给库房记账。库房相当大，前边小屋记账，后边几间大房子储物。这儿原本是一个大户的粮仓。大户是个二毛子，刘十九一到就跑了，他家粮仓现在被总坛口用作储备军需物资和粮草的地方。

欧阳觉每日要做的事，是跟着朱三登记进出库房的各种物品。所有登录账本的数目当天都要禀报三师兄。三师兄管理这些事很像大哥欧阳尊掌管纸店，一切都要巨细无遗，心明眼亮。他们登账的物品很杂，包括衣物、兵器、粮食、药品，打仗缴获来的各种战利品，以及给死去团民安葬的必需品，等等。这些东西每天进进出出真不少。甭说朱三本事不大，即使有能耐，一个人也很难扛起来。欧阳觉干得十分卖力，也挺吃力。他过去终日游戏于笔墨之间，没干过这种操心费力的活儿。再说一连折腾了这些天，身体有点垮了，再加上一条腿一瘸一拐，很像破车拉货。可是为了活命，只有豁出命干。

团民们每次出去作战，库房都要大忙一阵。有时单是大刀长枪就要领走几十捆，粮草火药几十车。往往一仗获胜归来，又会有几十车战利品入库进账，收缴的比领取的还多。欧阳觉只管记账，不管卸货，尤其武器之类决不叫他沾手，他也决不敢伸手碰一碰。

最初几天，欧阳觉天天早上被朱三从马房领去，晚上有固定团民把他押送回去。天天从不闲着，很是疲乏。可是过了这几天，欧阳觉反觉得身上的元气一点点回来了。主要的原因是在库房干活，一日三餐吃的和团民一样，顿顿有玉米饼子、煮菜和热汤。肚子鼓了，血也活了。所有活物全都靠吃的。

人有了气血，也就有了精神。虽然他用"不听不看不问不动"严格地管束自己，暗中却留心观察自己所处的环境。他看得出这个坛口有规有矩，井然有序，还有股子紧张和肃杀之气。他发现这里的把守确实极严，几乎无处没有岗哨，每座房的房顶都有团民昂然而立，中间没有空缺与缝隙。自己若要一动，立刻就会被看见。这真应上瘦子的那句带着警告意味的话——"插翅难逃"了。

这里的人相互很少交谈，没人说笑，没人抽烟，绝不准喝酒。欧阳觉偶然听说，春天刚刚安坛不久，二师兄去黑牛城打一伙二毛子，回来路上吃饭时喝了一壶酒，回来后叫刘十九闻出来了，亲自在他背上抽了十鞭子，背上抽开了花儿，半个多月天天只能趴着睡觉。

在阳光照耀下，坛口处处闪着刀光。人们见面都单手竖垂胸前，施礼打问心。双方致问的用语奇怪难解：如果一边说"贵保"，另一边必答"第子"，不知何意。渐渐他还知道，这里虽是总坛口，但师兄们另有住处。至于总首领刘十九老师住在哪儿谁也不知，更不能问。团民们扎营、操练、上法，都在这院子外边。院墙很高，他在里边看不到外边。有时在院里，可以听到外边时常传来团民操练时，用脚一齐跺地——就是那种"噗噗"声。这声音很重，一下一下，大地好似颤动。可以想见外边的团民之多之众，声势之浩大，他像被围在中间，紧紧箍在铁筒里。

他没有逃,他无法逃。

当然,他渴望逃,渴望去见他那个已然相隔多日的莎娜。他见不到她,却看得见那双美丽而深挚的蓝眼睛在远远地期待着他。一天夜里,他把自己喊叫惊醒。醒了之后又被自己的喊声吓得要死。他不知自己喊了什么。幸好没人听到。可是他又想,夜里这么静,屋顶和院中都有岗哨,怎么会没人听到?是不是他的叫喊只在自己的心里,并没有发出声音?

他必须克制自己,首先把自己的命留下来。现实逼得他必须现实起来。

二

进入五月中旬，城中一日一变。

老城西北边，大批鲁冀两地的团民头上扎着红、黄、蓝、紫各色头巾头布沿着南运河源源不断地拥向五河下梢的天津。有的齐整地列队而行，张旗列帜，貌似官军；有的如同散兵游勇，漫无纪律，甚至三五成群，一帮一伙，持刀挟棒，好像游逛，即使这种景象也充满着威胁。他们所到之处，教徒们纷纷躲逃。可是谁都知道，团民是冲着驻扎在天津的紫竹林租界里的洋人的军队来的。此时，大沽炮台已经叫洋人占了，不少国家的兵船由海上经由白河已经可以毫无遮拦地直接开到紫竹林。

义和团按八卦区分，外人分不清，他们自己一看就知道谁是哪个团。谁是乾字团，谁是坎字团，谁是离字团，老师是谁。就像家雀儿，谁和谁一窝儿，心里都清楚。这些团民大多是庄稼汉、渔夫、铁匠、船工、商贩、扛活、苦力、游民和乞丐，没人发给他们团服，他们就穿平日的褂子裤子。现在天气已经炎热，这些人习惯了热了就脱光膀子，晾出一身累月经年晒得黝黑的肌肉。他们脚上踩着布鞋，甚至是草鞋。穿草鞋的多在腰上挂上两双新的，以备鞋穿坏了好换。尽管这些来自四面八方的草莽斗士的衣履乱无头绪，但是瞒不过在码头上长大、看惯南来北往各色人等的聪明的天津人。他们只要看一眼这些团民头巾和腰带不同的颜色，就能识辨出他们从属于哪个团。

五月中旬之前，这些抵津的团民大都在城外猫着，悄悄安坛扎营，等待时机举事。那时天津驻扎着势力强大的各部官军，尤其是聂士成统领的武卫前军，装备精良，手里也使洋枪。

此前，官府对"拳乱"一直弹压，叫喊着格杀勿论。可是近来变了，朝廷里一拨人要剿灭"拳匪"，一拨人却想借用不怕死的义和团遏制野心勃勃的洋人，甚至想把洋人赶下海去。洋人仗着船坚炮利，义和团却说自己神仙附体，能避火炮。朝廷里态度不一，一拨人说义和团的刀枪不入是欺世的诳语，一拨人却痴信不疑。就连太后与皇上也不是一条心，大臣们的心就更不齐了。上边出了棱缝，下边就有空子可钻。这一来，就让猫着腰的义和团直起身子来。

庚子这年大旱，农人地里没活可干，自来就是容易闹事的年份，也自然就会把心里的怒气朝向近些年盛气凌人、恨不得骑在大清脖子上的列强们。义和团原本就是大地上的野火，随风延烧，这便乱无头绪一拥而至来到津门，要和洋人一决生死。这几天，城外的团民简直就像闹蝗灾那样越聚越多，官府想管也管不住了。

五月十七那天，有人在三义庙安坛，官府得到消息立即派来兵勇，气汹汹地禁了。转天一帮团民来得更凶，几条汉子拿着大刀在三义庙前广场上划地为界，大刀锐利的刀头在石板地面"咔嚓咔嚓"划出火星子，留下一道深痕。跟着就下大门，上法请神，一位上了法的师兄光着膀子，拿一块三寸厚的石板往自己脑门子上硬砸，石板"哗啦"一声粉碎，脑袋却完好无事。耳听为虚，眼见为实。这一下叫人信了，马上立起了坛口。

三义庙一成事，城内外争相举事。有人把城里镇署前、西门内、仓门口三座教堂点火烧了，跟着就有一群胆大包天的人跑到三岔河口，把望海楼教堂点起火来。如今教堂起火没人救，只有烧，火势愈烧愈大，天黑之后，把夜空都照亮了。不少人跑到城墙上去看望海楼教堂着火。

下篇

Part Two

义和团极盛时期，一些官兵也加入了义和团

自从同治九年天津人把望海楼烧了，闹出了震惊中外的教案，砍了不少不怕死的烈性汉子，从此天津人和洋人结下宿仇。整整过了三十年，今儿这座倒霉的教堂又烧起来，而且烧得更起劲。人们看着这场火，就像看大年三十的焰火。这时候，老城这边只是一个劲儿逞着仇洋仇教盛大的气势，根本没想到紫竹林租界里边洋人们会怎么看。

转一天，坎字团总首领曹福田从静海率领数千团民，在城西北的吕祖堂摆上香案，竖刀立枪，烧香上法，立起了总坛。更厉害的是张德成把他声势赫赫的"天下第一团"从独流直接搬到了天津城内，总坛口就安在北城里的小宜门口。张德成策马进城时，各样的花花绿绿的牙边大旗像潮水一般拥入了城门，一时百姓们全跪在街道两边，举香相迎。义和团一下子就把天津城占了。有了张老师和曹老师，再加上津南的刘十九老师，义和团便称雄津门。

这小宜门口离着府署街的欧阳家，只有几百步的路。张德成任何大的举动，欧阳家都听得见声音。

想想这些天，义和团真像神兵天降那样，一眨眼的工夫已经满城皆是。"天下第一团"尚红，在城里放眼看去，街头巷尾到处是红。不知为什么，这叫欧阳老爷想到去年那些从天而降的吊死鬼和不知从哪里飞来闹翻了天的大黑乌鸦。尤其城里三处教堂一同起火那天夜里，大火烧红烧亮了半边天，他坐在堂屋里都能看见，很容易又叫他想到去年除夕那天老槐树忽然起火。他想，这回真要把天捅破了。

天津这地方本来就有点邪乎。

平常里好似太平无事，表面万物相谐，气息融通，有吃有喝，有东西买，有地方玩乐。可是这里是退海之地，土里边有碱，水里有盐，空气有腥，这些东西也在这地方人的血里。人的血里要是有这些东西，脾气、性情、好恶、口味、处事、活法都和别的地方不一样。眼睛里、脑筋里、骨子里的东西也和别人不一样。人有兴趣的事、在乎的事、生出来的事更和别的地方不一样。所以，这地方虽是一个市井生活的俗世，却总冒出奇人奇事，口口相传也多是传奇。义和团一来，各种奇闻怪事愈加真真假假，神乎其神，层出不穷。

义和团进城之后，黄莲圣母也来到天津。她是坐船由南运河过来的。她把她那只挂满红灯笼的大船，停在了侯家后的河边，当作坛口。天津的女人都像每年三月二十三日天后娘娘诞辰那样，拥到那里去看，还争相加入红灯照，穿上鲜亮的红衣红裤，招摇过市。红灯照三天一次进城踩街,一两千个红衣女子列好队伍从北门进来,围着鼓楼转一圈,再出去。个个背刀、蒙面、提灯、挥扇,齐声叫道:

> 妇女不梳头,
> 砍掉洋人头,
> 妇女不裹脚,
> 杀尽洋人笑呵呵。

天津城立时就疯了。这场面想都不敢想,现在就在眼前。

欧阳家的姜妈上街买葱,被两个穿红衣的女子拦住,叫她加入红灯照,姜妈说她不是姑娘家,干不了这个。那两个红衣女子问她多大岁数,有没有丈夫。这才知道,不止一个红灯照。中年女人可以加入蓝灯照,孀妇可以加入黑灯照,老年妇女还可以加入砂锅照,用砂锅给义和团煮饭吃。这就要拉着姜妈到坛口去登记入册,吓得她把葱扔了,上气不接下气地跑回家去,从此不敢再上街,买菜的事就交给张义去办了。

叫欧阳家受惊的事接连而至。

一天忽听墙外边有人叫喊,说义和团放火烧欧阳家的外墙。

张义跑出门一看,果然东西南北四面墙上都冒着火苗,吓坏了他。仔细再看,原来是挂在外墙上的字纸篓叫人点了火。那时候天津城里有个习俗,一些人家为了敬重文化,珍惜带有文字的纸张,便在墙上挂个竹篾编织的篓子,上边贴个纸条,写上"敬惜字纸"四个字,提醒人们见到地上有字的纸,拾起来放到篓中。欧阳老爷初来天津时见了,非常赞赏,说江南自来就有这个"惜字"的古风,欧阳家做纸的生意,更要把这个风习看重,也这样做了,在外墙每面各挂两只。二十年来早成了这座老宅的一种从不可少的文雅的饰物。可是现在不知叫哪个小混混点着了。张义见事情不大,马上把这些着火的纸篓摘下来灭了。一场虚惊过去,只是没有了字纸篓的大墙空荡荡。欧阳老爷见了叹息一声,说道:"每逢乱世,斯文扫地。"

一天,有人来欧阳家"啪啪"拍门,说是义和团要去紫竹林烧洋楼,叫他家烙四十八张得胜饼,熬八桶绿豆汤,等着犒劳得胜归来的团民。可是东西做好了,摆在那里,没人来取。天很热了,欧阳一家人的胃口都小,没人能吃这么多,挺好的白面大饼绿豆汤全都馊了。过两天几个头扎红布的团民上门来要钱,张义从老爷那里拿些银子给了他们,事后总觉得这几个人面熟,思来想去,怎么想都像白衣庵那边爱闹事的几个小锅伙。再一天，事情有点吓人了，有人用手掌的掌心一下一下重重地拍门，像练金砂掌，开开门，门口站着一帮人说要借他们的前院做坛口。这就把欧阳一家吓毛了，那两天就怕有人来敲门，一听有人叫门就心跳，好像鬼叫门。幸亏这帮人过后没有再来。为什么没有来也不知道。

外边太乱，到处都是坛口，有本地人立帜安坛，也有各地的人随随便便自立门户，乱无头绪，真假难分。大少爷想出两个应对的招数，一是叫张义头上扎一块红布，假说自己也加入了义和团，这就不会有人再来找麻烦。这招还真管用，再有扎着头巾自称团民的人叫门，张义就戴着红头巾出去相迎。他长得本来就魁梧，扎上头巾壮壮实实很像团民。不管对方是真是假，都不会再有要求。另一个招数，是在大门上贴一张红纸，写上"义和神拳大获全胜"八个大字，现在很多城里大户人家都用这法子避免打扰。可是，以往这种写字的事都由二少爷胜任，如今只能由欧阳老爷来写。老爷一提起笔，不由得潸然泪下。

半个多月来，失踪的二少爷一直没消息，欧阳家好像丢了魂儿，全家上上下下里里外外只忙一件事：找二少爷！可是愈找愈没信儿，好好一个人怎么说没就没了？欧阳老爷在天津二十年，还没听说谁家哪个人突然无影无踪。老爷把宫南纸店的所有伙计一个不少，全都叫到家里挨个盘问，也没找出一个由头。只有韦小三说的一句话引起他的注意。他说自二少爷到宫南当班，多半都是午后才去到店里，很少上午去。欧阳老爷感到蹊跷，明明他每天早饭后就出家门去了宫南，怎么没到店里，他会去了哪儿？是不是他觉得在店里无趣，每天上午偷着去会会那些笔墨朋友？欧阳老爷就派人到二少爷那些交往较多的文友那里去问，结果都说没有见到。二少爷外边的关系有限，家人连他平日里不时过访的书院、画馆、书铺和古董店全去问了，都摇头说没见到。这就怪了，总不能掉护城河里。

欧阳一家人都帮老爷东猜西想，唯独两人话不多。一个是大少爷，一个是嫩贤。他俩心里各自都揣着一些事，心里边都有揣度，但都不能说。可是这两人心里揣的东西并不一样，猜想的也各不相同。

大少爷知道得最多。他甚至见到过那个洋女人，他知道二弟着了魔，他认定二弟的失踪肯定与那个洋女人有关。可是那天在估衣街，自己对二弟火发得那么厉害，他还敢再去租界去找那个洋女人吗？二弟读书多，应该是个明白人，难道念书能把人念傻了，真和梁山伯那么迂？可是如果他没去租界，只在城里边怎么会失踪？在眼下这个万分凶险的时候，洋人也红了眼，若是真的去了租界，八成会给洋人抓住。若是落到洋女人她爹——那个法国军官手里，一定凶多吉少。

想到这里，他脚底发凉，心里发慌，后悔自己那天抽了二弟一个耳光，当时不知哪来那么大的劲，那一下可以抽散一扇门板！兄弟俩二十多年，他从未动手打过他，那一下死死抽打在兄弟光滑的脸蛋上的感觉，现在还留在自己的手掌上，叫他心疼！这一下到底是把他和那洋女人打散了，还是反而把他们打到一块去了？当时为什么不把他拉回家，或找个地方关起来？可是现在说什么也没用了。他悔恨不已，自己对不住二弟，对不住父亲和嫩贤。这些天，其实他一直背着家人千方百计寻找二弟，却一直没音讯。看来二弟是困在租界了。

他还告诫自己，千万不能露出洋女人这件事。如果叫嫩贤知道了，就等于要她的命。

可是，叫他奇怪的是，在他家，对二弟失踪最沉得住气的反倒是嫩贤。表面看，她生活得一如既往。从不与人谈论此事，也不急着叫人跑东跑西去找二少爷。她挺在乎的却是父亲的心情，有时去父亲那里坐坐，听听老爷的胡想乱猜，偶尔插嘴说两句，都是给父亲心头的焦躁浇一点凉水。大少爷暗想，弟妹这个女人，如此处乱不惊，善待老人，真是了不得一位内涵大义的贤德女子，自己的喜凤与她一比，差之千里！可是过后的一天，他发现弟妹瘦了，脖子上的青筋出来了，眼袋也有些下垂，再去留意，她吃得明显也少。人心里的东西终究难以掩盖。他便悄悄对她相劝几句：

"弟妹放心，我一直派人在外边找他。现在外边太乱，出点意外不奇怪。不过二弟是聪明人，不管遇着什么情形，他都会保全自己。"

说话这会儿，他和婌贤正从父亲那道院出来，左右没人，婌贤忽然低声说："拜托大哥一件事。"

欧阳尊说："弟妹别客气，有什么自管说，我去办。"

庄婌贤略略迟疑一下，说道："是否能到侯家后那种地方找一找？"她说话的口气像说闲话，说完依旧不动声色。

大少爷一怔，没想到她心里原来有东西。她竟然知道二弟失踪原因是与女人有关，但她肯定不知道那个洋女人，因为她把二弟在外边的事往侯家后的妓院去猜。大少爷想，肯定二弟平时一些什么蛛丝马迹叫婌贤发现到了。看来她早知道二弟有负于她，如果换了喜凤，家里还不翻了天？于是他更佩服婌贤的容忍与沉着。她这样做，不只为了自己，为了自己的自尊，

也是为了欧阳这个家的颜面与声誉。他很感动,又不便表达,便小声安慰她说:

"这我想到了,也正打听着,弟妹自管把事交给我好了。我必把他找回来!"

庄娴贤只是很有分寸地叮嘱一句:"大哥小心,不要叫外人知道。"

欧阳尊是个非常明白的人。他说:"我明白,对家里也是一样。弟妹放心。"

娴贤谢过大哥,静静回到自己那个大槐树荫影笼罩的院子。

欧阳尊很清楚娴贤叮嘱他的意思,关于二弟的所有事情,所有想法,所有信息,他一直都不叫喜凤知道。他深知喜凤这个人没有坏心,但是过分热心、好奇心重,说话没轻没重。一件麻烦事若是叫这种人掺乎进来只能更麻烦。此前的一天,喜凤来到娴贤的房中串门。她并非想来打探什么消息,只是想到娴贤现在很焦急又孤单,想来陪陪她。进门就见娴贤一人坐在那里闷闷地嗑着瓜子。她说:"你的瓜子不是一直放在那个青瓷小罐里吗?怎么改用将军罐了?"

娴贤马上起来让她坐:"二少爷没回来。小罐满了,就往这里放了。反正没什么事儿，嗑惯了。你爱吃就拿去吃吧。"

喜凤说："你留给他吧。我看他也该回来了。挺大一个活人丢不了，在外边能待多久？"

嫩贤微微一笑，没说话，接着嗑瓜子。

喜凤说："我就纳闷，他能飞哪儿去？他不告他大哥，不告他爹，不会一点也不告诉你吧。"

喜凤这句话使嫩贤脸上的笑容消失了。她还是没说话，嗑着瓜子。喜凤粗心，没看出来。

喜凤忽把脸凑过来，打着趣说："别是跟什么人跑了吧。"喜凤说完，还笑嘻嘻地瞧着她。

没想到嫩贤停了一下，猛然咳了一声，跟着弯下身子，喉咙里一个劲儿使劲地向外呛气，脸色马上变得刷白，好像什么急病发作。喜凤吓得没有主意，忙喊姜妈。幸好自从欧阳觉失踪之后，欧阳老爷叫姜妈平时没事就待在嫩贤身边，多多陪她。姜妈听见喜凤喊叫，赶忙跑来。她看出二少奶奶是给瓜子壳卡住了喉咙，忙去掰了块馒头来，叫嫩贤就着桌上的茶水吞了下去。这法子很管用，一下子就把卡在喉咙里的瓜子壳带进了肚子。

随后再咳两声，只是吐出一口痰，带着一点鲜血。

姜妈不知二少奶奶怎么会叫瓜子壳卡了喉咙。她已经为二少爷嗑了好几年瓜子,还从来没有卡过喉咙。喜凤更没有意识到她那句打趣的话,恰好触碰了婌贤的心结——她正是一直疑心欧阳觉失踪的原因是与人私奔了。

婌贤这个弱女子心中的隐痛也只有欧阳尊知道一些。现在,就看大少爷能否帮助她尽快把二少爷找回来了。

今早,欧阳一家就被"轰、轰"的炮声吵醒。有人嚷嚷说洋人往城里打炮,有人走街串巷地嚷着,说张老师上法了,叫家家户户夜里张挂红灯,白天将家中女人的秽物蒙在屋顶的烟囱上,可以挡洋人的炮火。

张义问老爷该怎么办。欧阳老爷是浙江人,又是读书人家,尊崇儒学,从不理会怪力乱神,更不大通晓天津卫这地方的邪魔外道。他说夜里门口挂上一盏红灯就行了,自己怎好叫儿媳们把秽物光天化日晾在房上?再说,这些天的炮声一直都在城外边响。官军确实与义和团联手跟洋人打上了,可是都在城外边打,具体在什么地方其说不一。今天说在机器局,明天说在西沽武库,后天又说在武备学堂,离老城都挺远。而且官军也有火炮,不知这炮声是谁打的。天津人过去很少听到炮声,眼下天天"轰隆轰隆"响个不停,闹得胆战心惊,一颗心好似在体内上上下下，却一直也没见一个炮弹落到城池里边。

眼下天津城内外的买卖家，只要不是卖吃卖喝，大多歇业关张。欧阳家的宫南和估衣街的两个纸店，也在十天前就上了门板。店里的伙计们大多没有辞退，守在店里，怕的是失火。一旦失火得有人救，百十吨纸烧起来就是火焰山。大少爷每天都要往城东城北两个店巡查一遍，还要差人挖空心思去找二弟。幸好家里边有张义遇事可以顶上，他脑袋上扎的那块红布着实管用。张义笑着对大少爷说：

"这块红布真能避邪。"

这天后晌，大少爷从估衣街回来，刚要进门。从身后过来两个人，一胖一瘦，看装束不像团民。可是那个瘦高个子腰间系一条紫色的带子。天津人现在都知道紫色腰带是离字团。

不等他开口，圆脸胖子就问他："你是开纸店欧阳家的大少爷吧！"

欧阳尊说："是。你是哪位，有事找我？"

圆脸胖子绷着脸冲他说："想见你兄弟吗？"

欧阳尊一惊，说："你知道他在哪儿？"

圆脸胖子说："不跟你废话，想见就跟我们走！"说完径直往前走,头也不回。

欧阳尊老老实实跟在他们后边。

他边走边想,这两个人是谁,二弟犯了什么事,怎么会在他们手里?听他们口音是山东的,不是天津话,看他们的腰带应该是义和团。可是二弟不信教犯不上他们,难道是二弟又去了租界,叫他们抓住了?他无法猜到缘由。他还没有见到二弟,又不知他们要把自己带到哪儿去。

欧阳尊紧跟着前边一胖一瘦的身影出了北门,过了浮桥,沿河向西,一路看到河上黑压压停满了船只,大都靠岸拴缆,桅杆上一律挂着照眼的红灯笼,有的红灯奇大,有的一长串几十个红灯,有的插满大旗还有巨幡垂落,大概就是红灯照的坛口了。河上划动的小船没有桅杆,都用一根竹竿挑着一盏小小的红灯球儿。此时,天色已黑,红灯万盏,远远近近,大大小小,密如繁星,景象璀璨,奇异壮观。

河岸上的人很多,大多是团民。这一胖一瘦穿行其中,非但没有缓行,反而加快了脚步,他紧紧跟着他们,生怕跟丢了。待穿过了一群群人,走到北大寺一带人便少了,再穿过一片歪歪斜斜的老树,便走进了一座小庙。这庙他以前从未来过,不知供着何方神圣。只见庙内外挂着二三十个灯笼,把院内和殿里照得亮闪闪,院里站着几个团民,穿戴不一,有的扎着包头,有的没扎,光头垂一根辫子,有的腰带是紫的,还有两人系的是黄腰带,看上去很不正规。他刚一进殿,就听迎面传来一个声音,话里带着威胁:

"你用多少银子救你兄弟?"

这话听上去有点像绑票。殿里灯光照眼,他看不见说话的人,赶忙说:"我听您的。您说多少就是多少。您得先告我,我兄弟现在哪儿?"

不料对方说:"在哪儿不能告诉你。"

"我怎么才能见到他?"

"你出钱,我们出力。我们去救你兄弟,可你得先把银子拿来,不然我们不管。"

欧阳尊糊涂了,二弟到底在不在他们手上?他们真知道二弟的下落吗?二弟到底在哪儿,还要他们去救?欧阳尊有脑子,他要问个明白。便说:"你们是怎么知道我兄弟找不着的?"

对方听罢大笑,可是没等这人说话,忽然殿外一片混乱。有喝呼声,有跑步声,还有刀剑撞击的声音,跟着一群人呼啦啦闯了进来。他们手举着火光熊熊的火把,照着一群巾带鲜黄的团民；中间一人蓄着黑须，一双剑眉，十分英武。他对着殿内的人喝道：

"你们是哪个团的？"

"离字团。"

"老师是谁？"

"庞老师。"对方的声音有点发虚。

"大师兄、二师兄姓甚名谁？快说！"

对方迟疑了，说不出来。这个黑须汉子厉声说："他娘的——黑团！哪来的一帮土棍无赖，胆敢冒充神团？全拿下来，押到吕祖堂去。"紧跟着，这些手举火把的团民拥了上去，殿里的人没有抵抗，就全给抓起来押走。黑须汉子走过来看了看欧阳尊，问道："你在这儿干什么？"

欧阳尊照实说了。黑须汉子说："算你走运，赶上我们清团。你差点叫这个假团绑票了。"说完带着这一帮人又呼啦啦全走了，只把大少爷一人留在灯光闪闪的空庙里。

欧阳尊第二天才知道，昨晚义和团举城清团。城里由"天下第一团"张德成老师清，城北城东由坎字团曹福田老师清，砸了不少冒着义和团的神威诓人骗财的假团黑团坛口。有人说这些都是二毛子干的，其实不是，教徒早吓破胆，自身难保，哪里还有胆子干这种事。大都是本地的混混儿或外来的痞子诈点钱财吧。据说有一老者，蓄着长须，披发道装，自称一百零八岁，达摩老祖的转世。他在东城韦陀庙后边自立坛口，教人咒语与神功，说学会可以避祸消灾，借此骗财。这次清团被张德成捉去，从头而下劈成了两半。有人说这老者原先是在北大关摆卦摊的，胡子是粘上去的羊毛，也有人说老者是洋神父冒充的，愈说愈荒诞不经。不过清团之后，城中倒是清朗一些，妖言惑众也少了不少。

只一件事叫大少爷想不明白，昨天夜里来诓他那伙假团怎么知道他兄弟失踪的？他们由哪里得来的消息？别是他家里或店里什么人与外边内勾外连？

可是，当下想这些事没有用，当务之急还是找到二弟。如果二弟有难，时间拖得愈长愈不妙。

三

欧阳尊思来想去，认准了二弟身在租界。他确信自己的判断绝不会有差错。

他想二弟失踪的原因无非两个：一在别人，一在自己。所谓别人，就是被人打劫了。打劫他有什么用，无非图财绑票。如是这样，这么长时间了，总得有人上门来勒索敲诈，可是半个多月过去，一点动静没有。中间仅有一次，还是假团造的，留下一个小尾巴，是谁把二弟失踪的消息告诉那个假团的？

不论这个小尾巴是怎么回事，反正被人打劫，绝无可能。

再一个原因就是二弟自己。他自己跑走的，找那个洋女人去了。二弟中了那洋女人的魔是定而无疑的。虽然马老板把事关生死的利害都摆在他眼前，他还是不到黄河不死心，不撞南墙不回头，殉情绝命也认了。不管自己能不能理解，反正二弟一定是为了这个缘由才失踪的,他跑到租界去了。

可以肯定,二弟是为了那个洋女人才失踪的。

欧阳尊到底还是个做买卖的,脑袋好使,多乱的事也能理清头绪。

若是跑到租界去,结果无非也是两个:一是被洋人捉住,一是和那洋女人私奔。私奔能奔到哪儿去?倘若叫洋人捉住,肯定是凶多吉少了。

想到这儿,急死了大少爷。要想弄清楚这件事,还要去问马老板。但是仗已经打起来,老城和租界刀枪相向,怎么去问?为了找到这条途径,他费尽心思,想尽办法,背着父亲使了许多银子——头一遭从纸店提取钱财。可是即便如此,效果也不大。现在这时候办事太难了,钱用了不少,大都白白花费了。

自从上次在估衣街与马老板一见,再没见过他。那次人家冒险而来,还化了装,戴着茶镜,粘着胡须,真够朋友。自己摔门而去之后,二弟和马老板之间发生了什么?二弟是何态度,如果二弟色迷心窍,强叫马老板把他再带到租界去呢,有没有可能?他一概不知。他终究不在场啊,猜的事不能算数。

对于租界的了解,欧阳尊比欧阳觉知得的多得多。他的一些生意与租界相关，租界虽不常去，也不时会去。尤其英法租界道儿还熟，认得几个人。至于跑洋务的中国人，也不止认识马老板一个，还有一位徐二爷，是杭州人，比马老板还要老到，人又活分。马老板会说洋话，徐二爷会说洋话更会看洋文，在租界里就算半个洋人了。他和马老板一样干的都是洋货行，家全安在租界里。

马老板在天津这边朋友多，欧阳觉想首先托人设法找到马老板，可是几次有了线索，却没有找到人。是不是拜托一下在租界里人脉宽广的徐二爷呢？徐二爷在租界那边吃得开。再想一下，不行！人家徐二爷并不知道这里边的事，又不好叫人带话过去，弄不好家丑就外扬了。于是他决定冒险亲自跑一趟租界。他把银子用到府县和海关衙门，可是当下官军和洋人两边大炮都架上了，官府反而说不上话。一位见多识广的朋友告诉他，这时候只有近几年刚刚兴起的新式邮路没有中断，两边的关卡对邮车还都放行。做生意的人最会利用机会，他就钻了这个空子，买通驿丞，"哧溜"一下钻进了邮车。更幸运的是这邮车到达的地方——大清邮局。那座漂亮的灰砖大楼就盖在法租界的中央。只要到了大清邮局，去到法租界哪儿都方便。

下篇

Part Two

1900 年法国领事馆内的合影

在邮车顺利通过官军把守的那个高大的土夯的大营门之后，就来到老城和租界之间宽宽的大道上。这时，他看到了一种迥异于平时的十分严峻的战时景象。两边大片草木纵横的荒野上，时时能见到新筑的工事，结集或行进中的军队，正在架设的火炮。由于地面辽阔，没有遮挡，还可以清晰地听到由白河北边传来的炮吼。远远一处什么地方在起火，在碧空里有一条拖了很长而化不开的浓烟。路上偶尔还会遇到一些弹坑。洋人正在监督着中国的苦力们修补这条刚刚遭到破坏的道路，这条路将是洋人进攻天津老城最重要的通道。

租界果然也不拦截邮车。通过几道洋人临时架起的路障，进入租界之后，反倒显得平静，只是很少见到人影。

欧阳尊下了邮车，定了定神，他心里清楚法租界的方位，顺利找到马老板的住处。但是门锁着，怎么也敲不开。他心急之下大声呼叫马老板的姓名。

门没叫开，反倒惊动了两名法国巡警过来向他盘问，他仅会的那几句应酬用的洋话还挺管用，尽管什么也没表达清楚，起码叫这两个法国警察没有视他为敌，放了他。

欧阳尊还有一个办法，就是去找徐二爷帮忙。

徐二爷住在租界靠近白河的一幢圆顶的三层小楼里，这小楼也是他办公的洋行。两年前他就是在那座小楼里认识的徐二爷。他循着记忆去找,没费多大劲,就找到了徐二爷的小楼。敲敲门,徐二爷刚好在家。这才叫作柳暗花明。

欧阳尊挺喜欢徐二爷这个人,好打交道,人长得善静,细皮嫩肉,肥嘟嘟一张圆脸上,小鼻子小眼儿,两撇细胡,手像猪手,脚像猪脚,肚子在大褂中间像个小锅鼓出来。天津人很少这种长相。他见了欧阳尊,露出惊讶,张开的嘴在圆脸上停了片刻,禁不住叫道:"是大少爷欧阳尊吧,怎么这会儿跑到租界来了?您坐着炮弹飞来的吧?"他笑嘻嘻把欧阳尊请进楼。

欧阳尊说:"我是跟着邮车过来的。"

"您真行,眼下两边只剩下这一种车了。您定是有特别着急的事吧?"

"我来找马老板,刚去找过他,他没在家。"欧阳尊说。他只提找马老板,没说什么事。他是买卖人,买卖人总是把真正的意图藏在嘴里,在没弄清楚情况之前,不会随便说出本意。

"我也好久没见他了。不过他这会儿准在租界里,哪儿也不会去。他是教民,躲在租界里最安全。"徐二爷说。

"他没在家,还会去哪儿?"欧阳尊问。

徐二爷笑了,说:"多半在教堂吧。很多教民都躲在那里,洋人也躲到那儿。教堂外边有洋兵把守,房子又结实,比家里安全多了。"

"这法租界不会只有一个教堂吧,马老板会躲在哪个教堂呢?"欧阳尊问。

"自然是紫竹林教堂了。现在英租界最安全的是戈登堂,法租界最安全的是紫竹林教堂,这也是租界里最老的教堂,和望海楼教堂前后建起来的。比你们老城里的鼓楼还高还结实。"徐二爷说,"离这儿不算远,就隔着三条街,我陪您过去找找看。"徐二爷很爽快,热心,愿意帮忙。

"那就再好不过了,我不通洋话,不好跟人家打听。"欧阳尊忙说。这时候有人肯帮忙,就跟救命差不多。

两人出来往河边一拐,吓了欧阳尊一跳,河上全是兵船,船上站满背着枪的洋兵。他们一色兵服,头戴着一种扁平宽檐的帽子,背上很大一个背包,排列十分整齐。兵船上全是长长的炮筒,炮筒全都向着西北方向倾斜,好像一齐对准老城,无数花花的旗子在河上的疾风中唰唰翻飞。大批的军械、货箱、帐篷、马匹正在由舰船往岸上卸货。

场面气势很大,与那天他在南运河看到的红灯万盏的场面一样壮观,真像拉开阵势要决一死战了。

下篇

Part Two

大清邮局建于 1878 年，坐落于天津法租界大法国路和圣路易路交口处。中国近代邮政发祥地

徐二爷说："最近不少国家运兵过来。看来咱们得赶紧离开这河边，别叫他们怀疑咱们是来刺探军情的奸细。"

他们迅速离开河边，刚转到一条横街上，又一个场面也叫欧阳尊感到吃惊。隔过一道铁栅栏围墙，他看到挺大一个院子，一座很结实、漂亮，带着一排高大石柱的建筑前面，一群人分成前后两排列成阵势。前排坐在椅子凳子上，后排全站着，大多数人手执长枪，不知要干什么。他怕被这些人当作奸细，刚要大步走过，忽见那群人的前排有几个洋女人，一个头戴宽檐软帽，身穿蓬松的长裙，有点像莎娜。正在迟疑不决时，徐二爷忽然隔着铁护栏大声和院内那些人说话，然后扭头对欧阳尊说："这儿是法兰西领事馆，大概怕打起仗来人就散了，照个相留念。"又说，"他们很多人都认得我。"一边与院里的洋人亲热地摆手，打招呼。

欧阳尊已经看清楚院里那个穿长裙的洋女人是一个中年女子，不是莎娜。他跟着徐二爷继续向前走。他问徐二爷："他们不是军人，怎么全拿着枪？"

徐二爷告诉他："现在租界的洋人全都武装起来了。他们很怕义和团打进来，很怕，很怕。"徐二爷说话的口气足以表明形势的严峻。

别看租界貌似平静,但连空气里都有一股看不见的极端紧张的气息。

再过一条街,他们就来到紫竹林教堂前。欧阳尊感觉,好像马上就要见到二弟了。

紫竹林教堂确实有一种神圣感,这幢用中国的砖石砌起的奇异的教堂,敦厚又峻拔,两边对称式的塔楼增添它的庄重与威严,一些狭窄而竖长的窗孔又使它蕴含一种深不可测的神秘感。也许由于它紧挨着白河,风潮气湿,虽然建造起来不过三十几年,却已旧迹斑斑,朝北一面大墙上,发黑的砖面泛起白花花大片大片的碱花。然而,凭着它"最古老"的身份,一直是租界有身份的人才能出入的教堂,现在自然也是最重要的避难所了。

看守大门的人居然全是荷枪实弹的军人。这里是不准一般人入内的。徐二爷用他熟练的洋文,和这里的守卫笑眯眯地一通好说歹说,人家才派人进去找。也不知马老板是否躲在里边,等了不少时候,欧阳尊担心马老板真的不在这里,可就在这时马老板竟然从教堂里跑出来了。

徐二爷是个察言观色懂分寸的人，他知道此时此刻欧阳尊来找马老板，原因一定非同寻常。当他帮助欧阳尊找到了马老板，自己立刻就借口有事告辞去了。

欧阳尊心里很急，他把马老板当作救命稻草，没等马老板对他寒暄，开口就问："我二弟在哪儿？"好像他二弟在马老板的嘴里。他想立刻听到回答。

马老板说："什么？二少爷见不到了吗？什么时候？"

"半个多月了，从估衣街那天，我摔门走后，就没再见过他！"

"怎么会？"

"怎么不会，反正我没见过他！他没了！"大少爷说。他一听马老板也不知他兄弟在哪儿，心就凉了；这一凉反而更急。

"难道你怀疑我？我那天可是冒着危险跑过去叫他不再到租界这边来的。"

"当然你不会把他带来。可是他就是没了，从那天以后没人再见到他。半个多月，一丁点消息都没有。"

马老板下边的话叫欧阳尊更惊奇。他说：

"这就怪了，莎娜小姐也没了！"

"什么？"欧阳尊的声音不觉很大。

"我说的是莎娜小姐——那个和你兄弟相好的洋女人也没

了,失踪了!"

"这就奇了!"欧阳尊不知出了什么大事,简直愈来愈不可思议。在惊奇中他好似自言自语,"难道他俩真的私奔了?"

"别瞎猜了。这时候和一个洋女人私奔,能奔出哪儿去。方圆几百里,到处全是义和团。"

"那洋女人什么时候没的?"

"不知哪天呢。他爹——那个法国军官还向我打听过。他很着急,也冒火。他怕他闺女叫义和团抓去,也一直在找。"

"他知道我兄弟和他闺女的事吗?"

"不知道。租界这边只有两个人见过莎娜小姐和一个中国年轻男人总往那小白楼里去。可是并不知道这中国男人是谁,更不知道跟我有什么关系。这事只有你和我心里明白。"

"你认为,他俩全都没了,是不是一回事?"欧阳尊有些绝望地问。

今天见面,他们各自给了对方一个可怕的信息,都是对方意想不到的,十分震惊的,不可思议的:欧阳尊告诉马老板的是他二弟失踪了,马老板告诉欧阳尊的是莎娜失踪了。如果两个失踪的人不是同一个原因,怎么会同时失踪呢?如果是同一个原因,如果一起私奔了,会私奔到哪儿去?宁波慈溪?远渡重洋去法兰西？落荒而逃漫无目的，最后一起落入义和团手中？不管怎么想，关键是怎么确定？确定不了，又到哪里去找？

马老板心里有两件事，是欧阳尊不知道的。一件事是那天在估衣街，欧阳尊摔门走后，欧阳觉请他回到租界后捎话给莎娜，要她在那座荒废的小白楼里等着他，他要与她"不见不散"。马老板返回租界后并没带话给莎娜，他怕惹事，无论是大少爷欧阳尊还是那个法国军官他都不能招惹。再一件事是，转过两天莎娜忽然来到马老板家，请马老板去老城那边找到欧阳觉，约欧阳觉来小白楼一见。她天天在那里等他，见不到他，她想他想得不想活了。

她那悲伤难捺又情深至切的神情，叫马老板受了感动。马老板有心再冒险去一趟老城，但他思前想后，还是惹不起两边家里的人。他没有答应这个可怜的蓝眼睛的姑娘。

可是，叫马老板奇怪的是，那天欧阳觉信誓旦旦地要到租界的小白楼去见莎娜，还要"不见不散"。他去了吗？如果去了，为什么莎娜没见到他？还在等他。这真有点离奇。

马老板打算把这两件事告诉给欧阳尊，却又怕说出来，叫欧阳尊认为自己与这件事纠缠得太多。他和这事前前后后已经有了不少关系，不能再往一起搅了。一边，他和欧阳家今后还

下篇

Part Two

俄国士兵到达租界

有生意要做。另一边，要叫洋军官知道，会引来祸事。现在，这事已经涉及两个人去向不明，吉凶难测，还是离得愈远愈好。他决定什么也不说了，把自己从这件事中摘出去。于是他说："这真不好说。兴许是一回事，兴许不是一回事。可到底是怎么回事——只有他们自己知道，咱们怎么知道？"下边就是些后悔莫及和于事无补的话了，"只怪我当初不该代莎娜小姐把二少爷请到租界去，不然哪会惹出下边这些事来。"还说，"我真闹不明白，两个人连话都不通，谁也不知谁说的是什么，谁也不知谁的意思，怎么会好成这样，死活都不管了。"

马老板困惑不解，连连摇头叹息。

欧阳尊朝他摇摇手，说："不再说了，怎么说都没用了。既然人不在这儿，我回城了，邮车还等我呢。"

马老板送他到中街上的大清邮局。幸亏他这时候走得及时，大批从舰上下船的各国军队正源源不断来到租界正中的大街上列队，然后还要前往英租界戈登堂那边集结。他与马老板匆匆分手后登上邮车，车子刚刚横穿大街，大街就不让走人了。一队队洋兵踩着鼓点，齐刷刷向南行进。皮鞋跺在地上的声音刚劲有力，十分吓人；数千杆乌黑闪光的洋枪构成一片雄赳赳、杀气腾腾的海洋。跟着洋鼓洋号响亮震耳地吹奏起来。他禁不住对车夫说:"快!快!快!"盼望邮车快快离开这里。

在回城的车子里,欧阳尊忽然忍不住掉下泪来,叫同去的驿丞不知怎么回事。问他为了什么,他也不说。他此去租界,满怀希望能找到二弟。他认准二弟就在租界。如果在洋人手里,他砸锅卖铁也要把二弟弄回来。谁知这一趟非但没有找到,还得知连那个洋女人也同样失踪了。

事情反而更加扑朔迷离。

欧阳尊像一只船,千辛万苦到达了希望的彼岸,刚刚靠岸,那个彼岸却沉入了一片浩渺无边的汪洋里。

最后一个希望也落了空。

他真的没了二弟,去处不明,死活不知。他哭出了声,泪水从捂脸的双手的指缝中汩汩下流。

下了邮车,进了城,欧阳尊觉得有些异样。大街两边到处摆着香案,家家户户门前高挑红灯,缕缕香烟在灯光中缭绕,烧香的味道在空气中浓浓地弥漫着,整座城像一座大庙。欧阳尊心里乱着，无心留意，不问何事，也不知何事。

他到了家门口，只见那里摆着一筐得胜饼、一缸绿豆汤，还有那张城隍会设摆时用的朱砂供桌，上面摆着香炉，依照义和团的规矩供着一碗清水和三个白面馒头。张义头扎红布，正在那里张罗着，见面便说义和神团在马家口与洋鬼子交了一仗，打得洋人屁滚尿流，还眉飞色舞地说今天坎字团曹老师和"天下第一团"张老师亲自上阵，阵前上法，团民纷纷飞身到租界用香火点燃洋楼，焚烧无数。欧阳尊刚刚从租界回来，没有见到哪儿洋楼起火，心知这传说不实也不能反驳，便什么都没说，进了门楼。

每天回家，照例都要到父亲那里请安。

这些日子，每见父亲，父亲都是先不说话，似乎等他能带回什么消息——关于二弟的消息。每次他都是摇摇头，默不作言。父亲指指椅子，他便坐下来。父亲不再多问，以免换来失望。

今天，父亲好像有话要对他说，先问他："你看这时局能否好转？"

欧阳尊说："我感到大战在即。"

父亲又问："你看官军和义和团打得过洋人吗？"

欧阳尊说:"今天租界来了至少六七千洋兵。据说连俄国兵、意国兵全到了。"

父亲说:"这些国家在咱们这儿没有租界。他们想着如果仗打赢了,也割一块租界。"父亲把时局看得很透。

欧阳尊说:"是。日本也派不少军队来。现在白河里全是洋人的兵舰,还运来不少新式的大炮。"

"你怎么知道的?你又没去租界亲眼看见。"欧阳老爷说。

他忽觉自己失口,慌忙遮掩,说:"我碰见送邮件的驿丞说的。他们现在还往租界送信取信。两边官府断了联系,一些官府往来的文书有时要靠他们传送。"

欧阳老爷沉吟片刻,叹息道:"一国难抵八国。洋人们全联上手了,这边官府和义和团却是貌合神离,各干各的。"

欧阳尊说:"父亲说得是,武卫前军的聂将军过去一直弹压义和团乱,听说现在义和团常和他们有械斗。"

父亲这才把他要说的话说了出来:"我想叫你和喜凤回到宁波老家去躲一躲。咱老家有人也有房子。"

欧阳尊怔住了。他说:"这怎么能,您呢?要躲也是您回到老家去躲,哪能把您扔下。我在这儿盯着。"

"我不动了,就待在这里了。纸店放在这里不用再管,打起来准是一场大火,管也管不了。这两天我已经把家里的细软都收拾好了,你们带回去。明天你去把两个店清理一下,要紧的和金贵的东西都带上,尤其账本要全装箱带回去。最迟三天就离开,晚了就来不及了。城里很多人家都走了。"欧阳老爷神情沉着,说得有条不紊。看来事事早都想好,现在像在安排后事。

欧阳尊有点发急:"您为什么不回老家躲躲?"

"我等你二弟。"他说得很平静。

"我等比您等管用,我还能去找。"欧阳尊说。

"我看找是找不着了,只有等。"欧阳老爷说。

欧阳尊没想到父亲对事情想得这么清楚。父亲接着说:"我不能走,还有一个原因,是为了娴贤。她整天不说话,表面上不动声色,你知道吗——她人天天坐在屋里给你二弟嗑瓜子,嗑了三大瓷罐了。这孩子已经受病了,她是决不会走的,我忍心扔下她吗?我在这儿她还能挺着。我若一走,她必死无疑。"他停了一下,脸色忽变得十分凝重,决然地说:"我死也不会走!"

父亲这句话犹如誓死之言。

欧阳尊悲怆之极,心里一急,双腿一屈,给父亲跪了下来。

四

一连多日，欧阳觉在朱三手下老老实实埋头做事；不听，不闻，不看，不问。清晨从马房到库房去记账，下晌从库房回马房睡觉，来回穿过院子时，从不左顾右盼，只低头走路。他看见的，只有太阳把站守在屋顶的团民照下来的身影。早晨是站守东边房上团民的影子照在院中，影子向西；傍晚是站守西边房上团民的影子照在院中，影子向东。其他他全不看。他怕哪一天三师兄忽然来说："没人给你作保，你就是奸细，拉去砍头！"

这担心天天威胁着他。

一天黄昏，库房里的活儿忙完，朱三把他交给一个团民押回马房。进了那臭烘烘的黑屋子时，看到里边多了两个人，一男一女靠墙坐着。这团民严厉地喝斥了一句："你们不准说话！"

就关门走了。

门一关上,马房立时黑糊糊一片。就在刚刚进门时的恍惚之间,他见这两人都披散着头发——女的散了发髻,男的散了辫子,样子很狼狈,至于什么长相根本没看到。

他们不敢说话。

天黑之前,外边还有些各种响动,后来响动愈来愈少,渐渐静下来,屋内更静更黑。那两个人中的男人最先对他开口说话:

"你关在这儿多少天了,什么事?"声音很低很小,却很清晰。

"有一阵子了。"他不敢多说。

"他们会砍你脑袋吗?"

"还没有。"他说,等于没说。

"啊啊,是没有。你是教徒吧?"

"你们是?"他没有回答,只是反问。

"是啊。我们那里的教徒全跑出来了。虽说教徒不全被砍脑袋,可在当地要是有仇家,生死就难说了。我们是南皮的。你是哪儿的?"

"南皮那么远,怎么给抓到这儿来?"他还是只问不答。他已经知道在这儿怎么才能活下来。

"我们自己跑过来的,不是想躲到租界里去吗,就差几步给

下篇

Part Two

掌管军需的团民

他们抓到了,我们命不好。"那男人说。

欧阳觉没答腔。他拿定主意,不主动开口,对方若问,就所答非所问来敷衍。

沉默一会儿。那女人小声对那男人说些什么,听不清楚。

忽然那男人对那女人怒道:

"再怨谁也没用了,命到这儿了,等死吧!人早晚不就一死?别怕就是了。"

"我怕。"那女人哭了。

"怕了管用,你就怕。不管用,就别怕,再怕就是自己吓唬自己。"

那女人只是哭,他们不再说话。

欧阳觉累了一天,迷迷糊糊睡着了。不知什么时候,咣当一声门打开,几个团民举着火把,提着刀进来,喝道:"站起来,马上站起来!"

那两个南皮人站了起来,欧阳觉以为没有自己的事,坐着没动。一个团民朝他叫道:"你也站起来,一起走!"

欧阳觉两条腿立时软了,站起来后迈不开步子。没想到死竟这么容易,说死就要死了。

团民将他们押出院子,天已经发白了。嘛东西看不清楚,但影子特别清晰。他们给团民押着，从院子后边穿过一片稀疏的树林，绕过水塘，登上一个高坡。坡下芦苇十分浓密，不知芦苇下边是不是水坑。团民叫他们面朝苇坑跪下。欧阳觉感到自己的末日到了，眼一黑，身子一软，差点栽了下去，后边的团民一把将他抓住。

团民把亮晃晃的刀架在那两个南皮人的脖子上，厉声问："有没有仗势欺人？敢说一句假话就砍头！"

没想到人临死和活着的时候不一样。那个怕死的女的居然嘴很硬，大声说没有，那个不怕死的男的竟然没有发出声来，显出他的心虚。

他们身后忽然发出一个响亮的声音："砍了！"

团民手起刀落，这两人瞬间头朝下栽进坑里。坑里芦苇很深，唰唰两声是草响，掉进去就看不见了。

团民又把冰凉的大刀架在欧阳觉的脖子上，同样厉声问："是不是奸细？敢说瞎话就砍了你！"

此刻，欧阳觉心里反倒觉得不怕了。反正自己要死了，说什么都一样，张嘴还是那几句实话："我家是干纸店的，没干过坏事，也不信教。"

停了一会儿，身后边又响起刚才那个响亮的声音："把他带回去！"

怎么？不砍他了？起死回生了？他不敢相信。这到底是怎么回事？在返回村里的路上，他两条腿还像面条那样不听使唤，一直是两个团民架着拖着拉着。忽然他发现走在前面的人背影熟识——竟然是三师兄！

哦，饶他不死的竟是三师兄！

回到库房，朱三依旧在那里写账，见了他依旧淡淡地说："来了。"然后手指一张凳子叫他坐下。

欧阳觉坐在凳子上缓了许久，魂儿才回来。

朱三对他说："打今天起，你不再住那个马房了，跟我到前边那个院子里去住。"说完，起身把一包衣服扔在他怀里，说："这是三师兄叫你换上的。"

他打开看，竟是几件旧衣服，还有一条挺宽的蓝色的布条子，就是团民扎的那种腰带。

他傻了。这些日子，他一直在接连不断的厄运里。现在对突然临到头上这事竟判断不出是好是坏，为了什么？两天后，欧阳觉才明白了这里边的变化与含意。看来，这些天里，自己在明处，人家在暗处，一直盯着自己的一举一动。他们是不是去过老城那边摸了他的底？他一无所知，也不敢多问。反正现在人家不把他当作奸细看了。三师兄给他那几件换穿的衣服，特别是那条作为义和团标志的蓝腰带，等于把一种信任扔给了他吧。

还有，三师兄叫他搬出马房，就是把他解脱了。至于叫他和朱三住在一起，是因为朱三离不开他这个帮手，还是叫朱三继续看着他，就不清楚了。这些天，他和朱三在一起，把朱三哄得不错。别人都叫朱三，惟有他称作朱三爷，这是老城里人的习惯——爷是敬称。可是这称呼叫朱三听得入耳。朱三虽然认字识数，在村里没人拿他当回事，现在有个城里识文断字的人天天称他朱三爷，心里边当然很美，也有面子。欧阳觉记账时还故意把字写得不工整，歪歪扭扭难看一些，为了不叫朱三生妒。看来，他待人处事真是聪明一些了。

那么，在三师兄那里给他说好话的，是否就是这个鼻毛很长的朱三？

人在什么地方转运，为什么转运，自己未必明白。

欧阳觉新搬进的院子，比原先那个院子像样多了。院里有三四棵树，一口井。是一个住人的院子，房子至少七八间，虽然间量不大,却住着不少人。这些人在坛口中各司其职。有鼓手、号手、掌刑人、马夫、伙夫等等,他和朱三是"管账先生"。他们这些人都归三师兄管。每天各忙各的,进进出出。这里稍稍宽松一些,可以说说话,闲聊几句也无妨,但不该说的还是不能说。院子的把守反而更严,小猫小狗也别想溜进来。进门有暗号,一天一换,今日是"全胜",明天就换成"白马"。这暗号每天都是由朱三告诉他。

三师兄不时会来,却无常规。每来必有事,没事不会来。三师兄办事利索,一切举动,喝水、走路全都极快,不说废话和闲话,目光锐利,咄咄逼人,和他面对,谁也不敢跟他双目对视。在高家村整个坛口好比一辆大车,三师兄是轴杆,车上的一切都压在他身上,并靠着他转动。别看事情庞杂繁重难以想象,他却毫无压力,一切应付裕如,轻捷矫健,好似说飞就飞。

离开那又黑又臭又闷又热的马房,欧阳觉感觉连喘气都舒服了。下晌吃过饭,还可以随着朱三到院外大树下边吹吹风,拿冰凉的井水浇一浇出汗发黏的身子。

这儿正面对着高家村的晒粮场,是很大一块平地,常年被石碾子轧得硬邦邦。现在地上扔着一些石磴、石锁、石担和重刀,都是团民们拿来练功的。晒粮场北边高地上有个居高临下的大

下篇

Part Two

团民习武时的照片

宅院，据说这边的粮仓就是那个宅院的。眼下那宅院是总坛口。远远看去，门口竖起两根大杆子，由上而下各垂一面金黄幡旗，挖镶着红布大字：左边是"义和神团替天行道"，右边是"天兵天将助清灭洋"。中间还立一根杆子，挂一面正方形的旗帜，红底黑字，只有一个一丈见方巨大的"刘"字。两边的旌旗和刀枪架排成八字，旗上的彩带流苏随风飞舞，架上的刀枪剑戟银光闪烁，下边放一张翘头供案，上边摆着一个斗大的老香炉，不知是打哪个庙里搬来的。炉里整天烧着香，不停地冒着清烟白烟。奇怪的是，这地方反倒没人站守，空荡荡了无人影，一群鸟儿常常落在那边。安静得出奇，好像神仙住在院子里边。

刘十九就在这坛口里吗？没人问，也没人敢问。

这晒粮场上最好看的要算一早一晚总坛口的点名。

点名时，坛口所属的各路人马都必须到晒粮场上列队参加，连朱三也不例外。只有欧阳觉一人被甩在外边，他还不是团民，名册上没有他的名字。各团中最抢眼的要算刘十九的快枪队，每队四百人，总共三队，一千二百人。团民服装随便，都穿自家衣衫，只有巾带全是蓝色。快枪队特殊，一律青衣青裤，黑色巾带，束袖绑腿，背后背火枪，个个威风凛凛，气概不凡，一看就是一支刚猛快捷的奇兵。据说快枪队全有坐骑,但点名时,只人到,马不到。快枪队一到,叫人感觉整个总坛口的精神为之一振。于是这一天早晚两次点名就必不可少。

团民列好队,从总坛口的宅院里走出五位师兄,他们就是刘十九手下的五员大将,点名时全要到场。欧阳觉先前只见过其中的大师兄和三师兄。那黑脸的大师兄站在正中,其余四位师兄分站两边,好像戏台上将帅亮相的场面。随后各坛口按照名册次序一一点名。这过程极是严格,用时很长。点名结束时,由三师兄带领在场团民齐声高呼幡旗上那几个大字:替天行道,助清灭洋。

参加点名的团民约两三千人。晒粮场站不下,一部分要站到场外的空地、村道和林子里。呼声一起,气贯四野,撼天动地。

可是,总首领刘十九老师却从不出面。欧阳觉想,真像他刚被关进马房时那瘦子说的那样,连这里坛口的人也没有几个人见过刘十九的面?刘十九究竟住在哪儿,总不会住在别的什么地方,但他决不敢问,谁都知道打听刘十九是大忌,是不怀好意。他听说只要打听刘十九就要割掉舌头。

半月前,欧阳觉生死未卜之时,他脑袋里什么念头也没有了,只求活命。现在活下来了,心里的愿望与想法渐渐又重新复活。晚间,在朱三打着呼噜声中,父亲、大哥、婌贤又来到他的脑袋里,他想他们!他们肯定不知自己会到这里来,不知道他现在竟然过着这种日子,这副模样。他们对他一无所知,一定担心他的死活,焦急万分地到处寻找他。婌贤虽然着急,但她决不会整天哭天抹泪——她不是那种女人。你用刀子在她手臂上划一道伤口,她会不声不响把这伤口藏进自己的衣袖,还不会怀恨,记仇,报复,而且永远不会。

他开始为自己伤害了这样一个女人而难过和后悔……

可是当莎娜那个聪明、美丽、纯真和性感的异国女子轻灵地跳到他的心中时,他又难以拒绝地被她牵动心魂。一边是父亲给他挑选的妻子,一边是自己撞上的女人,此刻他抗不住的恐怕还是后者。于是,他又被她那只白嫩光滑的小手拉着,在那荒废的小白楼里跑上跑下,尽情地欢愉。他又开始心猿意马地想起怎样放荡地翻看她的私密,怎样把脑袋钻进她的裙子里,怎样赤裸着相互枕藉,怎样一同闭着眼用接连不停的吻去勾画对方身体的轮廓……昨天所有的疯狂又浪漫的细节,又在义和团大刀下留下来的脑袋里五彩缤纷地重演。

一天,他忽然好似闻到了那种叫他心魂荡漾的极其特殊的

下篇

Part Two

联军的火炮

香味。他想念那种香味。可是他着意再去感觉那种香味时，反而感觉不到了。原来气味是最没有记忆的。每每这个时候，他便觉得抓不着她了。她变得飘渺和虚幻了。他怕他失去了她。

她还会在那小白楼里等他吗？

不知为什么，他始终坚信她仍在等他。虽然她从没有承诺于他，他却认定她会死守那里。这种坚信是不是来自莎娜眼睛里那种真纯又深挚的目光？这目光曾经不止一次进入他内心的最深处。于是他有了逃跑的念头，甚至去设想如何逃脱。

欧阳觉在库里悄悄偷出一条蓝色的头布。他已经有一条蓝腰带了。他想化装成一个团民，趁人不备时跑掉。

在他偷了这蓝头巾的第二天，朱三在记账，他在朱三身后整理杂物。朱三忽说："你想加入义和团了吧？"

他一听，顿时吓得动弹不得，以为自己偷头巾要逃跑的事叫朱三发现了。这事会要他的命，欧阳觉正要跪地求饶，朱三却说："入团不易，得等三师兄找你问你。你知道三师兄会问你什么吗？"

欧阳觉这才明白，其实朱三什么也没发现，只是在和他说闲话。他忙接过话说："我，我怎么知道？"他显得挺慌乱，幸好他在朱三身后，朱三无法察觉到。

朱三说:"他会问你怕不怕死。"跟着说,"义和团不要怕死的。"

朱三又埋头记账了。

正在欧阳觉苦无逃脱之法时,三师兄派他和朱三到村西去一趟。

大师兄在海光寺那边和洋人打了一仗,缴获一些马匹和洋枪,这些战利品堆在村子西边,大师兄打算就近装备快枪队,不必再耗费人力运到这边的库房来。于是三师兄叫他们带着笔墨账本到村西去做清点与登账。

欧阳觉发现从他们这里去到村西是一条十分僻静的路。右边少有村舍,左边却全是开洼,远处再没有人烟,而且这里的树丛繁密,到处可以藏身,往前走又有一片密实的柳林遮挡,长长的枝条像垂幔一样一直触地,穿过柳林时必须不断地撩开柳条,就像撩起一道道厚厚的门帘。这可是最佳的逃身之地。

欧阳觉掀开柳条时,看到远处有一片很宽广又平整的阔地,阔地后边是几间土屋,叫他惊讶的是,阔地四周站守着那么多的岗哨。站岗的团民全是黑衣快枪队的队员,什么地方需要如此密守严防?忽然,走在身后的朱三几步上来一把往回拽他,这一拽很用劲,差点把他拽倒。朱三低声对他说:"别再往前走了,那是刘老师的地方。"

原来刘十九住在这里。如此一个偏僻、冷寂和森严的地方!这样热的天,竟叫他浑身鸡皮疙瘩都起来了。

朱三紧张地说:"咱们走过了,早该往西拐,这不是咱们该来的地方。叫他们发现,弄不好把我们当作奸细。"

"我说怎么这么多人在这里把守呐。"

"你现在看见的只是明哨,暗哨更多,方圆十里,到处是暗哨。天下义和团,就数咱们这儿把守最严。不光村西边,整个高家村全是这样。"

朱三说得很自豪,却反让欧阳觉倒吸一口凉气,逃跑的念头一下子全被扑灭了。

五

一条死路竟逼出来一条生路。

看守森严、插翅难逃的高家村迫使欧阳觉想出另一个办法,这办法可能很巧妙,就是借着与洋人打仗的机会逃跑出去。

义和团不是要杀进租界吗?如果借着和洋人打仗,不就可以直接去紫竹林,甚至去到那个一直执着矗立在他心里的小白楼?可是,若想这样做,就得先当上义和团。若想当义和团——朱三说过,就得不怕死,还得会武功。

于是,他跑到晒粮场上摸一摸那些石锁石担。他过去拿的最重的东西是砚台,与这些东西比——重量九牛一毛。甭说拿它们练,一动手就没底气了,每件石器下边都像扎根在地里,不管使多大力气都纹丝不动。

朱三站在坡上见了,笑道:"一个书呆子,耍耍笔杆子还行,这可不是你玩的。来,我教你一样能耐吧。"

欧阳觉说:"什么能耐,叫我跟您学?"心里不信这个只会写几笔歪字的农人能有什么非同寻常的本事。

朱三带他回到库房,拿出一些方形的黄表纸,上边用毛笔蘸着黑墨和朱砂勾画出几个怪图,似字非字,似画非画。

欧阳觉说:"这不是符么?"

朱三问他:"你见过?"

他说:"在道观里见过。"

朱三问他:"知道有什么用吗?"

他说:"请神,驱魔,辟邪,护身。"

朱三接着问他:"你请过符吗?可曾应验过?"

他笑一笑说:"没有,只是听说过。"

朱三说:"这是刘老师坛口用的符。知道它的法力吗?"

他问:"什么法力?"他听得有些新鲜。

朱三笑而不答,只听一个声音在他身后,声音不大,却十分明亮:"我告诉你。"

他回过头去,见一个人站在身后,竟是三师兄。

三师兄和朱三相互打过问心,便叫朱三从库中取来一柄腰刀。这腰刀沉甸甸,外边是一个打着铜箍的鱼皮刀鞘,刀柄拴

下篇

Part Two

集结在城南的日本军队兵营

着挺大一条红布刀穗。三师兄手握刀柄"唰"的一声,从鞘中抽出一弯银月似的光芒夺目的大刀。这刀出鞘的一瞬透出一股逼人的寒气。欧阳觉不由得往后一躲。

三师兄见了微微冷笑。他叫欧阳觉把上身的褂子撩起来,欧阳觉不知何意撩起衣襟,露出嫩白的肚皮。三师兄横刀上来,吓得欧阳觉后退两步。三师兄说:

"站好,又不宰你,要宰早就宰了。"说着把雪亮的刀刃轻轻一挨欧阳觉的肚皮。

这刀奇快,没有任何感觉,肚皮便出现一道鲜红的印子,跟着就流下血来。如果三师兄再用一点力,肚子立刻会切开。不等欧阳觉叫,三师兄已经收了刀。在旁边的朱三从一个小口袋里捏一撮灰色的粉末往欧阳觉流血的地方一抹。欧阳觉知道这是团民打仗时用的止血的龙骨粉。

欧阳觉不知三师兄为什么这样做,却见三师兄把刀交给朱三,自己脱下褂子,赤裸了上身。别看三师兄穿着衣服显不出身子多壮,脱下衣服却一身硬邦邦、又鼓又亮的肌肉,叫人惊讶。三师兄取过一张刚刚朱三画的符纸,抹上浆糊,"啪"地往肚皮上一贴,跟着双臂交盘,合上双目,凝神运气,不用多时,肚子竟然一点点鼓起来。他一边口中暗暗不停地念着两句莫名其妙的咒语："唐僧沙僧，八戒悟空。"一边肚子竟然鼓得愈来愈高愈硬。

忽然三师兄张开双目，眼睛瞪得露出了眼白，射出咄咄逼人的光芒。他对朱三大叫："来呀，砍老子来呀——"

朱三居然发疯样，抡起手中的刀向三师兄砍去，一刀砍在三师兄肚子上。欧阳觉吓得大叫，以为朱三要杀三师兄。可是，匪夷所思的是这一刀竟像砍在一块坚硬的石头上，声音也像，一刀砍过，三师兄肚子非但没破，竟然只留下一条白色的印痕，好像利斧砍在青石上那样的一道白印。

这一刀过后，朱三没有住手，跟着又是一刀，伴随欧阳觉的惊叫又是一道白印。然后一刀一刀一刀砍去，在三师兄的肚皮上留下的是一条条十余道白印。

忽然，朱三住了手，把刀往地上"啪啦"一扔，他已经是气喘吁吁，满头大汗。

三师兄却好像什么事都没有，用手揉了揉肚子，鼓鼓的肚子很快瘪了也软了下去，原先那道道白印变成浅浅的红印。他一边穿褂子一边对着欧阳觉说："上了法，这符贴在刀上，砍洋人头；贴在洋楼上，烧洋人楼；贴在身上，刀枪不入！"又指了指朱三说，"这符是他画的，拜他为师，跟他学画符吧！"

没想到朱三竟有这种神奇的本领。看得目瞪口呆的欧阳觉趴在地上，连称"朱三爷"是师父。朱三咧嘴笑了。原先这"朱三爷"只是一种敬称，当了师父就是名副其实的"爷"了。

他学了画符就是团民了吗？就有机会跟着团民出征紫竹林吗？

到了六月上旬，战事好像忽然紧了起来。欧阳觉虽然一言一行都不敢出一点错，但他睁大眼，竖着耳朵，静观形势，等候时机。

头两天，炮声多在租界一边，虽然很远，但听得清楚。这地方是乡野，天宽地阔，四无遮拦，一声鸟叫也传得挺远。前些天炮声还零零碎碎，只是有时也会接续起来。可是昨天竟然一连响了一两个时辰，炮声紧时连成了一片，像天边乌云翻滚时传来的隆隆的雷声。放眼望去，东北和正北方向极远的地方都有硝烟腾起。这缕缕硝烟在阳光的直射中，淡如轻云；只有进入暮时斜照的强光里，才变成深浓得如墨一般的烟影，鬼魅似的飞上天空。

看来两边的仗真的打起来了，而且愈打愈凶。但是到底是谁打了谁，谁更强，看不明白。

更凶猛的炮声是在今天。不仅炮声，还听到了枪声，而且响得厉害，这表明战场离这里很近了，叫人紧张起来。后来才知道，这是刘十九坛口打的一场恶战，也是他到高家村以来打得最凶的一次。由于出兵太多，大队人马在村中的晒粮场无法集结，都跑到了村西南的野地里列阵。待三军出发，把那边田地的庄稼都踩平了。幸好今年大旱，地里的庄稼没长起来就废了，人踩过去好比石碾子碾过一样，半枯的禾苗全都平板似的贴在地上。

据说带兵的是大师兄，刘老师亲自率领的快枪队也出动了。只有三师兄带着一千团民镇守在高家村这边，怕叫洋人从后边抄了自己的老巢。

这天，欧阳觉住的这边院子里的人快走净了。探马、旗手、鼓手、号手等等全调到了阵前。朱三也被叫去了。据说出兵太多，符纸不够用。大师兄上法时，还要朱三在一边现场画符。

三师兄没叫欧阳觉去，命令他守在库房这边，打起仗来，物资调动和记账都非常忙。他对于没派自己出去，感到庆幸。因为他用耳朵就能听出来这场仗和前些天都不一样。战场不在租界那边，而是在城南这边。后来知道，是在海光寺、八里台、黑牛城和纪庄子这一带。

他希望打租界时能派他去。

这场仗打到了午后变得更加猛烈，有时炮声好像就在眼前。

身边一个团民告诉欧阳觉，这炮声，实际是炸弹声。这声音表明炸弹就落在不远的地方。说完不久，便有几个炸弹落到村中来，炸得浓烟带着泥土和树木冲天飞起，幸好没有一颗落到这边院里，但是可以闻到空气中有一种很强的深翻的泥土、折断的草木裹着硝烟的气味，阵阵飘来。后来，一颗炮弹打在晒粮场近处的草坡上，炸了一个好似一间屋子大小的土炕。

欧阳觉看着这深深的弹坑吓得说不出话。这炮弹如果落进他的账房，保管他就没命了。可是转天几个团民笑呵呵躺在那个弹坑里边，都说不仅软乎乎，还热乎乎，抱着媳妇在这弹坑里睡一觉会更美。

这天，欧阳觉比平时忙得多。前边不断来人，要枪，要弓，要箭，要大抬杆，要打雁用的鸭子排，要火药，要缠伤口的布条子，要止血止疼的药，也就是那天朱三抹在他肚子上的龙骨粉。单看所要的这些东西之多之急，就能看出前边这场仗打得多凶烈。这些天打了那么多仗，从来没有要过这么多止血的药末子和缠伤口的布条子，叫人心惊胆战！欧阳觉忍不住问："前边打得可凶？"

"连刘老师都杀上去了。"来领东西的团民说。

欧阳觉还要问，忽然感觉门外有一道光射进来，扭头一看，

下篇
Part Two

联军利用一些废墟作为掩体，向中国军队与义和团打炮

三师兄正在院中站着,偏过头来看着自己。他吓得一缩脑袋,知道自己犯了不闻不问的规矩,赶紧住口,低头干活。

过会儿,一个壮汉提着刀,骑一头黑毛骡子闯进院子,跳下骡子跑进库房。他上身褂子带着衣襟撕扯开,裂着怀,露着胸前的一堆毛和肚子上挺深的肚脐眼儿,衣服上沾着不少血。他把刀往桌上"啪"地一撂,冲欧阳觉叫道:"把龙骨粉全给我。大师兄中炮弹了!"声音又大又凶。

这话也把库房里的人全吓傻了。

欧阳觉明白过来,慌忙跑进库房里边,从架上拉下一大袋子止血药塞给他。壮汉提起来几大步出去,骑上骡子就跑了。

这时三师兄没在这院里,不会儿三师兄闻信赶过来,壮汉已经没影了。三师兄叫人弄来两匹快马,叫上一个精壮小伙子跟着他上马跑去了。他肯定是为大师兄的事去的。

这场恶战打了一天一夜,枪炮声一直未断,入夜后来到这边库房取的东西多是火把、火镰、火折子,没人再来取武器了。药末子早已经取光了,听说三师兄正找人去大南河向韩老师求援。天亮时分,前边只剩下零零落落的炮响,没有炮声反而显得格外冷落,特别是战情未知,让人心中隐隐不安。

晨光中远处的大地在不停地冒着浓浓淡淡的烟。淡的烟不可怕，浓的烟很吓人。

已经没人来取东西了，库房里的团民心里都惦着前方的战果，大师兄是死是活。人人都已是精疲力竭。欧阳觉不知不觉趴在桌子账本上睡着了，几个在库房干活的团民也力不能支，在一些装东西的麻袋上东倒西歪地呼呼大睡。直到大南河韩老师那边叫人送来十多袋子龙骨粉，才把他们喊醒。

昨日一战，韩老师那边派出重兵，伤员也不少，但是听到三师兄这边求援，还是硬拿出些龙骨粉送过来。

欧阳觉把韩老师派来的人送走之后，很长时间没有一点动静，这种静默让人难熬。

太阳一点点偏西了。村外忽然响起了嘹亮又昂扬的鼓乐声，这欢庆的鼓乐中止了昨日以来整整一天的枪炮声。接着大批团民回来进了村。六月入夏的天气十分炎热，厮杀了一天一夜，全是大汗淋漓，汗湿如洗。这些得胜而归的团民衣服上大都沾满血污，有的脱去褂子光着黑黝黝的膀子。他们一路挥刀呼喊，挥洒着获胜后的激动，也释放着一天一夜的杀戮积压在心中的恐怖。

这才知道一场空前的血战告捷了。

本以为随后应是一场大事欢庆场面。烙得胜饼，煮绿豆汤，焚香敬天，谢神祈神，各种杀灭洋人的故事不胫而走。可是直到夕阳把这边的晒粮场映得一片绯红，仍是一片寂静，了无人影。一会儿，村西南那边鼓号声又响起来，却不是欢快喜庆之声。此中有唢呐的哀嚎，笙竽的苦叫，以及二胡的忧伤和阵阵皮鼓声中难抑的悲愤。高家村的团民连同村人全都黑压压一片聚到刘十九门前那片空地上，为此役身亡的大师兄举行丧事。

　　欧阳觉不能到那边去。他在这边看不到送葬的情景，只听着忧伤的丧曲一直吹奏到日落时分，随即是快枪队在那边一齐朝天鸣枪。欧阳觉看不到这惊天动地的场面，却见到枪声惊起的四外荒天野地里所有的水鸟飞禽腾空而起，在天空的暮色里盘旋。

　　三师兄一直在刘十九那边没有过来。一个在库房里干活的团民悄悄告诉欧阳觉，三师兄和大师兄都是今年春天由刘老师从山东带到这边来的。他俩在山东是同村无地可种的苦力，和教民有仇，发誓要到天津这边把教民的后台洋人除掉。这边只知道刘十九老师的大名叫刘呈祥，却从来不知大师兄和三师兄姓甚名谁。只知道三师兄从小无爹娘。谁也不知道他爹是谁，他娘生他时饿着肚子。他娘叫疼，不知是生他的疼还是饿的疼。

她娘生下他就死了，不知是饿死的还是难产死的。三师兄自小在村里就如同一条野狗，靠捡来的东西活着。大师兄有恩于他。里边再多的故事谁也不知道，可人人都明白，一定是大恩大义才使他俩情同手足，生死相结。

欧阳觉发觉这边院子里，打完这场仗之后差不多一半人没有回来。一个探马没回来，四个旗手回来三个，但所有旗子全打烂了，正在请村里的妇女赶紧修补。那个胖胖的来自河北武强的伙夫，据说叫炮弹炸飞了屁股。朱三也没回来，他还在村西那边吗？没人告诉他，也无从去问。还一个吹号的，山东临沂人，叫刘小六，年纪虽然不大，吹拉弹唱都行，还能随口编个歌谣啥的，是个讨人喜欢、性情调皮、乐呵呵的能人。他曾编过一首歌，唱一遍就叫欧阳觉记住了。这歌谣只四句：

　　义和神团总是拼，
　　旋身迈步逞英雄，
　　一生能做百生事，
　　树鸟只能唱一分。

可是第二天早上，鼓手回来时，耷拉着脑袋哭丧着脸儿说，刘小六叫洋人的枪弹打穿了肚子，在野地里疼得翻来翻去一直打着滚儿，最后还是没能活过来。

院里的人们一边叹息一边安慰这鼓手。大家都知道这鼓手和那个终日乐呵呵吹号的刘小六很要好，又一起吹奏，两人形影不离，如今失了伙伴，懊丧得像丢了魂。一个团民问他：

"他上阵前可贴了护身符？"

鼓手说："大师兄上法后人人都贴了符。刘小六身上的符还是三师兄亲手给他贴的。"

这团民说："贴了符不就刀枪不入了？"

鼓手说："三师兄说他是功夫没练好。死的人都是功夫不行，或是心不诚。只有功夫好，心诚，神仙才能附体，枪弹也躲着你飞。"

这团民听了更困惑，说："那大师兄怎么死的？总不能说大师兄功夫不成。"

"都说今儿洋人施了妖法，叫一些洋女人光着身子坐在火炮上，破了咱们的法！"鼓手说。

"洋人也上法啦？"

"三师兄说了，下次再打，咱们有神功能破他们的妖法！"

鼓手说。

旗手孟大山说："据说天津城那边张老师叫全城各家把女人的秽物放在屋顶的烟囱上，避洋鬼子的火炮，很灵。"

鼓手说："我听说，刘老师要亲自去紫竹林和洋鬼子斗法。"

"那准成了！"团民们都说。

话虽是这么说，大家心里还是有点打鼓犯嘀咕。

两天后，欧阳觉这里又忙起来。他预感到三师兄正在为下边一场大仗筹备物资。欧阳觉见不到三师兄，只能听从三师兄派来的人传令行事。三师兄一直在刘十九那边。大师兄死后，总坛口移到村西刘十九的驻地，早晚点名也挪到那边。欧阳觉一直没见朱三回来。没有朱三，有些事他不知怎么做主，一切只能遵照三师兄的指令办，不敢自作主张。可是过了两天，还是没有朱三的音讯，他开始怀疑朱三也战死了。他不敢问。坛口有个规矩，不能随便打听别人的死活。他还发现，这次三师兄不是从外边向他这边的库房调集物资，而是从这里往刘十九那边搬动物资。他这库房里的东西愈搬愈少，粮草已很有限，住在村外一些来自河北各县的团民开始吃这一带穷人灾年里充饥的"卫南洼三件宝——地柳、黄蓿、稗子草"了。

欧阳觉感到前两天那一场恶战之后,高家村坛口的力量明显缩小了,好像一个壮汉突然瘦了下来。

他忽想,这里的防守是不是也会松动?他心中又闪出逃跑的念头。不过他不敢妄动,先要打探一下。

他想起上次随同朱三绕到院后前往村西那条僻静的路,应该再去那里探探虚实。现在人手少了,把守会不会松动一些?他寻个机会去了,这条道儿似乎比上次显得安静。细察远近,没看见有人把守的迹象。他想,原先这里把守很严,现在人力差,布设的岗哨肯定就会减少,应是脱身的好时机吧。可是如果走出高家村,怎么走才能到达租界?眼下战事紧张,能顺利去到他要去的地方吗?别像上一次,又陷入泥潭沼泽之中。

正在思虑与犹疑之间,忽然听到有人的哭声,他静下来听,果然是。他悄悄朝着哭声走去,一点点摸近。待小心翼翼抬起身子仔细往树丛前边一看,竟是一个团民正在林中掩面痛哭,哭得十分伤心。那人双手紧捂着脸,双肩剧烈地抖动。哭得最痛心时,竟然失声,"呜呜"之声叫人动心。

那人背对着他站着。他从这人矫健的身影忽然发现是三师兄!他很吃惊,三师兄为什么一个人在这儿哭?这么悲伤?他为死去的大师兄?是,一定是在哭他死去的结义的兄弟——大师兄!

这时,哭声突然戛然而止。只见三师兄伸直左臂,左手张开,"啪"地按在面前大树的树干上,右手"唰"地拔出腰刀,银光一闪朝自己的左手砍去,咔嚓一声切去自己左手的小指,不等鲜血冒出,迅疾着从腰间解下一小袋止血的药末子,糊在手上,再用一根布条紧紧勒住伤口扎好。

这事来得太意外太突然,这一串动作又急又猛又快又决然又完全不可想象,叫欧阳觉看得目瞪口呆——傻了!更不可置信的是,三师兄弯腰从地上找到那根切下的小指,竟然放在自己嘴里,"咔嚓咔嚓"嚼碎后咽进了肚里!

他彻底地惊呆!

在三师兄转过身来的一瞬,他看到三师兄双眼通红,好似含血。一种极端难捺的仇恨,使三师兄紧咬牙关,咯咯作响,两腮的青筋凸暴。三师兄没有停留,迅疾地走出了丛林。

他想,如果三师兄不是这样极端的悲愤,肯定能发现他,因为此刻被惊呆的他,直挺挺地站在树丛后边,脑袋完全暴露在树丛之上。他们的距离很近,三师兄一眼就能看见他。

此刻,他已经无心逃跑了,匆匆回去。

欧阳觉回到小院，把库房的事忙完之后，走出来，却看到三师兄正坐在院中的石磨盘上等着他。他吓了一跳，以为刚才三师兄在林中看到了他，现在找他来了。他发蒙，如果三师兄问他刚才到林子里干什么去，他该如何回答？

可是三师兄的表情与平时并无两样，只是左手缠着一块布，小手指的地方渗出一些血迹。三师兄开门见山地问他："敢去打洋人吗？"

欧阳觉怔了一怔，答道："不怕。"

三师兄问他："为什么？洋人不是还卖给你家洋纸吗？"

"洋人占我国家，用洋枪洋炮祸害我们。"欧阳觉说。他也不知自己为什么这么说，是他自己的想法，还是为了将就三师兄说的？但这话叫三师兄眉毛一扬，接着问他："怕死吗？"

欧阳觉说："只怕身上没有功夫。"

三师兄说："心诚则灵。"然后瞥了他一眼，竟然露出从未有过的一笑，说，"你人看着挺机灵，倒还实诚。"

欧阳觉感受到三师兄对他的好感，受宠若惊，一时语塞，不知说什么才好。

三师兄忽说："你是团民了。"一扬手，扔给欧阳觉一团东西。

他打开这团东西,竟然是一块蓝头布。有了这块头巾就是入册的义和团了。他竟然有点异样的兴奋。

三师兄手一撑,跳下石磨对他说:

"把符纸预备足了。明天一早跟我去打紫竹林。"

欧阳觉心头一亮。不用再逃了,明天就去紫竹林了。

六

大地用长长的一夜把白天的炎热吸尽了，但它拒绝硝烟的气味，把这种刺鼻的恶性的气息留在拂晓清凉的空气里。

每次清晨，都是天空先醒了起来，天先亮，地上万物却还蒙在厚厚的晨雾中熟睡着。数千团民借着湿漉漉晨雾的掩蔽，悄无声息地向租界南端衔枚疾走，快速行进。昨天刘十九和"天下第一团"的张德成、坎字团的曹福田、离字团的滕德胜几位首领在河东药王庙聚首议事，决定今天联合各部官军，合力攻打紫竹林租界。"天下第一团"、坎字团从马家口正面强攻，刘十九由租界南端抄联军的后路。

光绪庚子年，紫竹林租界是由四国的租界组成的，由南向北是德租界、英租界、美租界和法租界。可是这场仗不仅这四国都要出兵，俄国、意国、奥匈帝国和日本的军队也纷纷来参战。正如欧阳老爷所说,这些列强都想借机在天津割下一块地来,把自己的旗子插在东方这条巨大、古老并正在患病的龙体上。于是他们共同组成一支强大的联军。这样租界南端的守军就不一定是德国兵了。

天亮之前,刘十九就结集好兵力。由于前些天纪庄子一战折失不少人马,这次号令津西南各村坛口都要增添兵援。各村团民以十人为一队,五十人为一哨。他们与官军不同,都是种地吃饭的农人,平时在村里干活,战时闻风而至。刘十九神威远大,一呼百应,今天至少召集了三千兵力。

团民作战时,没有明确的阵势,大多像羊群那样散成一片,一同向前推进。欧阳觉跟在三师兄后边不远的地方。他第一次参战,不免紧张心跳,更由于他不是真的去打仗,还想借机逃脱,这就更加紧张。

当他们走出高家村大约十里地,就进入一片完全看不到村庄的荒野。荒野里大片的沼泽、苇塘与生满丛林灌木的坑坑洼洼的土岗,很像半个多月前他打算独入租界、身陷泥淖、遭到这支义和团捕获的地方。不少地方都像曾经走过。那一次自己迷了路,遭遇百阻千难,费尽了周折,这一次是当地人带路,好走得多了，没有涉水蹚泥，也没有绕来绕去，不多时候眼前便出现一片楼影，居然就是租界了。

前边传令过来说，探马已经去打探洋人，众弟兄就地潜伏，听候师兄下令再动。于是，上千团民立刻隐伏于草莽之间，屏息等待。这时，租界那边一点动静没有，显然没有发现他们。欧阳觉感觉团民真如天兵一般，无声无息降落世间。

早在他们由高家村出发之前，三师兄在每个团民的刀面贴了一张符纸。说是：法上刀，杀无赦，所向无敌。三师兄还在欧阳觉肚皮上也贴了一张符纸，以避洋人的枪炮。贴好之后，又"啪啪"在符纸上使劲拍了两下，使他觉得有了这张神秘的护身符纸，浑身就多了几分胆气。三师兄对他还真的有点例外。可是他现在蹲在草里，心里想的并不是杀洋人，还是要去找莎娜。他总在琢磨着，这么多天了，莎娜还会在小白楼里执意地等候自己吗？

现在两边开战了，租界里充满危险，她会不会已经被她父亲送回法兰西了？她的家毕竟不在租界，而是在遥远的法兰西。他眼前又出现了曾在她家看到的她小时候那几张可爱的照片。

下篇

Part Two

刘十九的快枪队

想到这里,虽然他心怀着很强的希望,可是这希望却好似离他愈来愈远。

一阵枪响把欧阳觉惊醒。刚才他们一直低着脑袋猫在草丛里,现在当他抬起头来,外边已经很亮。一片灰色和白色、高高矮矮的洋楼清晰地出现在前边,而且不很远。他甚至可以看到洋楼上有人走动。一些墙头和房顶都站着端着枪的洋人。

埋伏在前边的三师兄忽然大呼一声:杀上去!

即刻,发动进攻的鼓号一齐响起。这声音来自右前方,不知道什么时候鼓乐手已经埋伏在那里。

于是,一片喊杀声好似由大地爆发出来的。埋伏在草丛中的团民们随之腾身而起。在无数蓝头巾的飘动飞扬和大刀的银光闪耀中,这片荒野瞬息间变成了一片波涛汹涌的大海——蓝色是海,银光是浪花,迅猛地冲向租界。欧阳觉被这股英勇的气势所带动,好似裹挟在这强大洪流中,不由自主地冲了上去。在皮鼓和箜篌起劲的打奏声中,他也喊叫,也挥大刀。他看到几面三角形带着红色犬齿边的团旗,箭一般冲在最前边。他们很快就要进入租界了。

但是,一阵从对面洋楼射出的密集的枪弹,很快就把激情前冲的团民扼制住。冲在最前边的团民几乎全部倒下。

看不见洋人的阵势。

然而这些据守在对面楼群中的洋兵却训练有素，整齐有序。有人用吹哨指挥，射击紧随其后。

只要团民发起冲锋，哨声立刻吹起，一排枪声过后，团民便倒下一片。再一群团民冲上去，再一声哨响，再一批冲锋在前的团民又倒下一片。不久，在这片洋楼前的开阔地上，横倒竖卧全是团民的尸体。

团民和洋人对战，吃亏的绝对在团民一边。洋人执枪，距离很远就可射杀团民。团民执刀，必须贴上身面对面才好厮杀。可是团民还没有冲到洋人面前，远远地就成了洋人的枪下鬼。

挥刀舞棒的团民们的攻势被洋人的子弹压制住了，不得已伏下身来。可是开阔地上没有多少东西可以用作掩体，而躲在洋楼里的洋人居高临下，一切历历在目，他们拿这些赤裸裸暴露在开阔地上的团民当作射击的靶子，将一个个团民选择好，开枪，射中，打死。团民们束手无策。他们的生死似乎在听任洋人随心所欲地挑选。一个连鬓胡子的魁梧的大汉紧趴在地上，他受不了这种憋屈，忽然大叫一声跳起来，"哗啦哗啦"抡着一柄带环的大刀，口呼咒语，独身冲过去，可是只冲上去十几步，就被一片瞄准他的子弹击中，浑身鲜血栽倒在地上。

团民们真正见识到洋枪的厉害，没人再上去送死。他们趴在开阔地上一动不动。

洋人开始向这边开炮了。炮弹落到团民的阵地中。每一颗炮弹都把一些团民炸飞到半空中。团民们已经毫无办法，只有被动挨打，成了洋人的盘中餐。

这时，忽然十多个人猫着腰从欧阳觉身边急匆匆走过。走在前边的人扭头看见了欧阳觉。欧阳觉认出是三师兄。只见三师兄面目狰狞可怕，两眼血红，就像那天在林子里砍掉自己手指时那样。他对欧阳觉说：

"跟着我——"

欧阳觉刚表现出犹豫，没动。三师兄气愤地骂了两个字："尿包！"便不再理他，带人快速过去。

就在这一刻，一个炮弹呼啸地飞来，正落在三师兄身边。爆炸声巨大，欧阳觉还没明白发生了什么，就被炸弹强大的气浪冲倒。等到他从炸弹掀起的泥土和乱草中爬起来再找三师兄，三师兄不见了。

三师兄肯定被炸弹炸死，离奇的是，尸首竟然没有。

欧阳觉四下看，竟然哪儿也没有。怎么回事？炸烂了？炸飞了？炸没了？怎么会连一点痕迹也没有？他到哪儿去了呢？

欧阳觉惊呆了，团民们惊呆了。他们大声叫三师兄，没有回应，三师兄确实已经没了，而且没得干干净净，无影无踪。

蓝天在上，空空的一无所有，只有一缕闪闪发光的硝烟萦绕，轻飘、虚妄。

这时候的感觉异常的神奇。难道他像这缕烟一样融在通彻透明的空气里了？难道像神灵那样幻化而去了？

在这悲痛的时刻，没人带头，众团民不约而同齐刷刷地一齐向东南方向跪下，不管洋人不断打来的炮弹，也不管会不会被飞来的炮弹炸死，全都直面东南，执着地跪着，一动不动，似要与三师兄同归于尽。

洋人马上要大开杀戒了。

就在这时，突然一片呼啸声、喊杀声、马蹄声夹带着一股冷峻的杀气瞬息而至。

跪在地上的团民们回头一看，竟是刘十九的快枪队。不知快枪队从哪里杀来，他们却说到就到。个个骑在马上，全是紧袖青衣，头飘蓝巾，足蹬快靴，手持火枪、洋枪、鸭子排、大抬杆、斜五眼、火铳，背后一律插着一柄红穗钢刀。

欧阳觉忽见为首这人的坐骑是一匹红马，马首用红布绊成十字花样。他忽想起住在同院的一位马夫曾对他说，刘十九老师所骑的那匹直隶总督裕禄赠送给他的红马，马首马身就用红布条绊成了十字！啊，此人一定就是刘十九了！肯定是刘十九！他刚想看清骑红马的人面孔，这人却纵骑如飞，一驰而过，快得连戴没戴遮面的红布，也没让他看到。可是就在刘十九飞驰而去的一瞬间，欧阳觉却清楚地看到这人的背影，虽然不算高大，肩膀却出奇的宽，方而平，两端肩头处高高翘起，其状如枭。一条青色披风在身后高高飘飞，显得雄奇高逸，又冷峻阴森，霸气凶横。

他真像一尊神似的坐在那匹高大俊美的红鬃马上，叫人望而生畏！

很少有人见过刘十九的真面目，欧阳觉却看到了。自己与这刘十九虽然只是如此的"一面之缘"——也仅仅是见到了他的背影，可是这样神奇的背影又有几个人见过呢？

只见刘十九一抖缰绳，飞骑前冲。

他跑在快枪队最前面，快枪队簇拥其后。

冒着密集的"嗖嗖"飞来的子弹，他们一无所惧，很快冲

下篇

Part Two

联军中的美国士兵

入对面的租界。

刚才那些被压抑在荒野和开阔地上的团民们也一呼而起，跟在快枪队后边，如大江急流一般地拥进租界。随即在前边的洋楼群里，刀枪相击的锐利之声和喊杀声混成一片。

此后发生了什么就不知道了。

这边草地上只剩下一人，便是欧阳觉。他一时不知该往哪儿走，心里混乱又茫然。

他被刚刚一连串的不可思议的遭遇惊得魂飞魄散，脑袋里一团乱麻。三师兄意外被炸死，竟然死不见尸，荒诞又离奇。当然还有自己的迟疑不前，三师兄对他的愤怒以及自己心怀愧疚。此外便是义和团的舍命相拼和洋人枪炮的所向无敌——到底是洋人的枪炮还是义和团的神功更厉害？再有，就是刚刚与刘十九擦肩而过时，他看到的那个无比雄奇的背影了。他有生以来，还没一个背影叫他如此望而生畏呢！

在这团混乱又神奇的感知中，尽管他心中那个目标——小白楼依然还在，但他对这个目标的感觉已经发生了变化。经过了这些天这些事，他对那个小白楼不再是一种单纯的渴望和神往了。原先那种听任于生命本能的激情与动力，已然渐渐淡化和消散。现在似乎只是一种未解的心结!

不知为什么,他离小白楼愈近,反觉得离莎娜愈远。这些天,太多的意外与他迎头相撞。一切都是意想不到的,事与愿违的,厄运连连的。他不知道自己还会碰到什么。他无法猜想。他感觉到还有一些不祥的东西,具体是什么他不知道。

他现在去哪里?还去那个小白楼吗?是的,他还是要去那里。哪怕是为了一种了结,见最后一面,与他那个可爱的蓝眼睛的姑娘分手与永别。

欧阳觉跌跌撞撞朝前走去。

那时租界正处在扩张和开发期,租界的边缘里出外进。从外沿看,由任何建筑之间都可以走进租界。因此,现在这些处于租界边缘的建筑都可能是洋人的防御工事,不知哪座洋楼里正埋伏着洋兵,随时都可能射来一颗子弹。几次子弹从他身边"嗖"地飞过,却不知是从哪座楼里飞出来的。只要他撞上这种子弹,就会立时毙命。

他躲来躲去,后来干脆不躲了,子弹却不再飞来。他有点奇怪,是不是三师兄贴在他身上的护身符发生了神力?可是三师兄自己怎么反被炮弹炸得不翼而飞?他身上的法力和神功呢？是不是也像大师兄那样，中了洋人妖术？他不明白。他从来没经过战争，更没经过洋枪洋炮的战争。

看来紫竹林与老城之间的仗已经全面打起来了。枪炮声四面八方地轰鸣。由于他曾经在小白楼里用莎娜那个望远镜观望过老城，现在身在租界，他心里有一种比较清晰的地域的空间感和老城的方位感。他知道远处冒烟那边是老城厢、城南、三岔口、河东，还有更远的北大关。租界这边也到处冒烟，有的地方还在起火。刚才刘十九率领快枪队杀进去的那片洋楼烧得最厉害，滚滚黑烟中正裹着明亮的火舌，最长的火舌高达两三丈，似要去舔苍天。海大道北边的荒野开洼中也有几处腾起浓烟，那是炮弹引起的野草和杂木在燃烧，看来这些地方都在交战。一阵阵硝烟的味道混着各种东西燃烧的气味，随着热风与暑气飘来。他还看见前方不远的地方，一些头戴红巾的团民正往租界一边叫喊一边冲杀。枪声很紧，那些人依然不要命地往前冲，尽管不断有人中枪倒下，最后还是冲进了租界。欧阳觉知道前边在交战，便躲在一堆芦苇后边，等待枪声小一些再摸过去。后来，他发觉自己在旷野里太暴露，就改变了行进方式，跑到一些建筑前边，贴着一些楼体和墙根往前行进，这样就明显安全多了,再没有遇到由什么地方射来的冷枪。

在穿过几座洋楼时,他看见街头横七竖八许多尸体,躺在亮汪汪、可怕的血泊中。尸体中大多是头扎红头巾的团民,也有两三个洋兵。团民多是中枪身亡,洋人全是被砍死的。一看就知道,这里刚刚进行过一场残酷的搏杀。

欧阳觉刚要从中穿过去,后边忽有一人拉住他,他手里一直提着一柄刀,本能地回身要砍,其实他根本不会用刀,这就很容易让身后这人一把抓住胳膊,并把他拉进旁边一个洋楼的院子里。

他一看这人,原来是个团民,衣服沾着血,头巾中间贴着一块符纸。头巾下边的一双眼睛瞪得很大,露出惊讶的表情。他刚刚觉得这人有点面熟,这人竟然叫出声来:"二少爷,怎么是你?你也入了义和团了!"

他慌乱中还是认不出对方是谁。这人把头巾往下一拉说:"二少爷,我是韦小三啊!"

欧阳觉又惊又喜,说:"是你?你?先别说你,先说我家怎样,我父亲、我大哥、二少奶奶?快告诉我!"

谁想韦小三脸上的表情露出了尴尬与为难。他说:

"大少爷把店关了之后,我就加入了义和团了。"

"你总该知道我家怎么样吧?"

"现在的情况不大知道。前一阵子你全家还都没事!老爷没事,二少奶奶没事,大少爷也没事,就是找您找得快疯了。谁也不会信您会入了义和团。您入义和团干嘛?"

欧阳觉没法说清楚,他只问自己迫切想知道的。韦小三向来知道的事多,又爱说。无论你问什么,他都呜噜呜噜有用没用说出一大堆来。可是再问下去,竟然问出绝没有想到的事情来——

韦小三说,在欧阳觉失踪的转一日,宫南纸店发生了一件挺稀奇的事,他早晨起来卸门板时,发现门下边塞了一个方形的小纸片,上边只写了两个字"明天"。纸片后边还有一些胡涂乱画的东西,好像洋文,他拿给店员们看,谁也弄不懂是什么意思,有的店员说可能是哪个小孩子塞着玩的。可是过两天又塞一个纸片,上边只写一个字"是",这就弄不明白了。

欧阳觉问:"你可看见往门下塞这小纸片的人了?"

韦小三说:"能是什么人?"

欧阳觉说:"我问你,见到塞纸片这人了吗?"

韦小三回答:"那哪能知道呢?他是晚上塞的,白天人怎

下篇

Part Two

发生在租界中的巷战

会还在？"

欧阳觉又问："你们可给大少爷看了？"

韦小三说那时大少爷家里家外忙着，来去匆匆，不记得和大少爷说过没有。当时城里城外全乱了，妖言到处流传，怪事层出不穷，店铺常常挨偷挨抢，谁会拿这两个小纸片当作事儿，只是有点稀奇罢了。后来老爷叫把宫南和估衣街两边的店铺全关门上板。这种事也就没再出现。

欧阳觉明白，莎娜等不到他，居然不怕危险愣跑到老城那边找他去了。她肯定是一个人去的。她究竟怎么从租界跑到宫南？她为什么夜里把那纸片塞进纸店的门下？是要躲过别人的注意，还是因为白天路上戒严太紧？她竟然去了不止一次！她深信那个小纸片是可以联系到他的工具，那不是太傻了吗？她还会怎么做？

韦小三下边说出的一件事就十分可怕了。虽然这件事是韦小三听来的传闻，并非亲眼所见，而且是加入义和团后听来的，却叫欧阳觉深信不疑——

据说在宫前大街上，一天不知从哪儿过来一个洋女人，站在街上来回溜达，叫一帮坎字团的团民抓去了，关进了都统衙门门口的站笼里。人们说这个洋女人是奸细，从租界到这边来查看军情的。还有人说这洋女人就是骑在洋人大炮上光着身子施法的妖妇,引来不少人到都统衙门的站笼前围观这"洋妖精"。有的看新奇,有的看热闹,有些土棍儿上去调笑,有的使手摸她,有的拿着树枝竹竿撩她的裙子,更有的用棍儿去捅妖精下边那个地方。那洋女人又喊又叫又哭,最后干脆疯了,扯自己头发,抓自己的脸,披头散发,血了呼啦,样子非常吓人。

欧阳觉大声问:"后来呢?人呢?"

韦小三不明白二少爷问话的神气为什么这么吓人。韦小三说,一天晚上,这洋女人突然没了。白天人们一看,站笼的门开着,锁链扔在地上。有人说她叫义和团拉去砍了,有人说叫官府连夜送出大营门,放回了租界,担心引来洋人派来大军攻城。什么说法都有,只是没人再看到真情实况。

韦小三一边说,欧阳觉一边紧紧追问。韦小三那个"跑火车"的嘴呜噜呜噜说个不停。

可是这事是韦小三听来的。除去他听说这洋妖精长着一双"鬼一样的蓝眼睛"——这个细节叫欧阳觉更加确信是莎娜之外,他说不出更多的细节。他甚至连这是哪天发生的事都说不清楚。

韦小三说着,发觉欧阳觉的神色不对,似笑非笑,似哭非哭,表情古怪,不知为了什么。于是他说他不该说这些与二少爷不相干的事，便住了嘴。他想问一问二少爷要他做什么，才开口，欧阳觉便对他摆摆手，叫他走掉。无论他怎么说怎么问，二少爷都摆手，执意叫他快快走掉。

现在这种时候，生死都是个人的事，谁也管不了谁。韦小三只好走了。临走把身上带的干粮都给二少爷留下。

韦小三走后，剩下欧阳觉一个人蹲在这空无一人的洋楼里，待了多长时候也不知道。他混乱不堪的脑袋里，全是莎娜的种种样子。再没有先前那种清纯、美丽、妩媚、柔情、深挚和倾心的模样。全是可怜的，无助的，无辜的，受难的，屈辱的，疯癫的——这些都是他想象出来的。可是不知为什么，他想象中的她全都是最可怕的、最屈辱的、最绝望的，也是他最不堪忍受的。

他为她痛惜，难过，哀伤，悲愤。他想，如果他在场，他拼死也会救她。他情愿和她在站笼里一起受辱。他愿意为她受死。他要大声为她作保，她不是奸细，她只是一个再普通不过的真纯的洋人。但这全无用处。一切一切早已经发生过了。

而且那时候，谁懂得这些，谁管这些？

原来在他离开老城跑往租界去寻找她时，她正一次次傻乎乎不知凶险地跑到老城这边来找他。在他坚信她会守望在小白楼时，她竟然在都统衙门的站笼里遭受着那些无知的人的调笑和土棍无赖的百般污辱。在他千方百计寻求解脱去小白楼与她相会时，她已然了无踪迹了。这样荒唐的阴错阳差的悲剧是谁的安排？谁会对他们如此故意和残酷地戏谑与捉弄？为什么？

莎娜在哪里？难道也像中了炮弹的三师兄那样，无处可寻了吗？她早已不在这人世了吧。

这世界本来不该有这一切，还是根本就没有这一切？

欧阳觉渐渐沉静下来。尽管他现在还是什么也想不明白，甚至什么也不相信。

他没有必要再去那个小白楼了。小白楼不再有故事了。时间的荒草最终会埋没了它。

他该回家了。

七

他没有时间感了,不知现在是什么时候?他只有方向感,老城就在前方和远处。阔大的城影好像大地上停泊的一艘破旧的巨船。

这些天天津一直大旱无雨。白天里,毒日头将天空照得碧蓝通透,可是当两边打起炮来,大地翻江倒海,硝烟涂满天空,景象立刻就变了。

今天的仗非常特殊,刚开始就无比强烈,好像是交战双方约好了一场死战。租界这边沿着海大道一线全面开炮,还有的炮是从停在白河里洋人的兵舰上打出来的。在夺目的日光中,能够看见成群的炮弹闪闪发光、源源不断地飞过头顶,落入正前方那边的城里城外。同时,老城那边官军的七个炮台一起发炮还击。可是除去城东北三岔河口水师营与芦台运河岸上那几尊从德国买来的克房伯大炮比较有力，其他各炮台的炮火就远不如租界联军的炮击更猛更强更有威慑力了。

一个多时辰后，老城那边发生一个巨大的爆炸。不知什么东西炸得这么厉害，一道浓密而粗大的烟柱腾空而起，升到半空后突然膨胀成一个巨大无比的黑色的蘑菇形的云团，呈现在眼前，很快就四散开来，好像在水中化开的浓黑的墨，十分恐怖地遮盖了老城。老城的天空立即变得昏暗、浊重、可怕。此刻炮声已是连成一片，连大地也在不停地颤动。

后来才知道，联军庚子年六月十八日对天津城的进攻就是在这一刻开始的。

整整四十年前，英法两国曾经征服了这座城市，随后从这里打进北京烧掉圆明园。

城中年过五旬的人对洋人的枪炮声一直心存畏惧。没想到这次来得更猛烈，规模更大，铺天盖地。然而阵容强大的联军更像一支杂牌军，人们不知道这些攻城的洋兵都是哪些国家的。单是奇形怪状的旗子和各不相同的军服就叫天津人完全看乱了。

欧阳觉在回城之前，就把头巾腰带和手里大刀都扔在租界的洋楼里，以免洋人把他视为攻击目标。他在荒野上遭遇过一支纵马飞奔的洋人的骑兵,这支骑兵十分强大,至少两三千人,像一条青黑色的大河向老城那边飞速奔涌。这些骑兵头上都带着直筒状的帽子,深色长衣,纵骑飞奔时,一边尖声叫喊一边挥舞着手中笨重的马刀。有些骑兵发现了他,摘下斜挎背上的长枪向他射击。子弹呼呼飞来,他赶忙趴在地上,脑袋使劲往草里扎。所幸的是这些骑兵攻击的目标在前边,对他这孤单一人的生死没有兴趣,很快奔驰过去了。

欧阳觉还遇到一队步洋兵,头戴很大的圆帽,帽顶很高,像顶着一个很大的草蘑菇。他们发现了他,好像一群猎手遇到一只野兔。有的人一条腿半跪着射击,有的人站那里端枪开火,他赶忙装作中弹倒下。这队洋兵离他较远,懒得过来察看,扭身走了,这也侥幸地过去了。由此他得到一个在战场上活命的经验,就是倒地装死。装死的姿势最好是仰面朝天,闭着眼,一动不动地躺在地上,这样死比趴在地上更逼真。

战争的目的无非就是叫对方死掉。他"死"了就是了。

这次他选择由海大道到大营门这条路。这边有一些小小的自然的村舍聚落,不是交战的主战场,又可以隐蔽遮身,比走在大开洼里安全得多。而且这里的村落全空着,门敞着,人们都逃难去了,有的房屋被炸毁,有的在燃烧,村里村外还常常

下篇

Part Two

1900 年 7 月 14 日联军攻破天津城

能看到死人，最多还是头上扎着红巾或黄巾的团民。他看得惊心，没想到义和团死的人这么多。叫他更吃惊的是，这些团民的刀上或头巾中央大多贴着黄色的符纸。

他见自己半敞开的褂子中间的肚皮上还贴着一块符纸，好像一块已经没有药劲儿的膏药。这还是上阵前三师兄给他贴的呢。

他用手扯下来扔了。

欧阳觉进了一个小村，村里有较多的树，看似很静。他想找点水喝。他很热、很渴也很饿。他从高家村出征时身上带了一些干粮，韦小三与他分手时，还把扎在腰间裕膊里的干粮也都给了他。他不缺吃的，但更需要水。天太热了，口干舌燥，身上连汗水都没了，有如火烧一样，皮肤干得要裂，他摸一摸自己的皮肤，像烧热的铁锅。他知道村里一定会有水，住人的地方必定有井。他在村里找到一口井，却没有打水的桶和绳子，幸好一间矮屋里有一口破缸，里边有多半缸水。他像牲口一样把脑袋扎进去，把肚子喝得很鼓，还觉得口渴。他又跳进缸里，洗涮一下，给自己降降温。

突然，响起很大的一个打炮声，好像就在身边。欧阳觉跑到院里没见有人。村墙都矮,隔墙看到,三个洋人正在邻院一间被炸去屋顶的废墟里打炮。他们借着这破屋做掩护,放一尊带辘轳的黑铁火炮。他们正有条不紊地给火炮装上炮弹,一炮一炮往老城那边打去。他们一边打炮,一边说话,其中一个人抽着烟。这三人头戴扁平帽子,帽子上系着丝带。天太热,他们把外衣脱去,搭在半截破墙上。不知他们是哪一国的军人。欧阳觉怕被发现,赶紧从这院子走出去,贴着一道土墙往村外跑,刚出村口,却撞上几个人。他心想没命了,一看是中国人,正用两轮板车推着满满一车木箱,箱子里装的全是圆圆的黑色的瓜样儿的炮弹。这几个中国人都穿大褂,干得很吃力,汗湿了前襟后背。这一突然遭遇,使得他们彼此都十分吃惊。他正琢磨这几个人怎么会给洋人运送炮弹,一个人问他:"你是做什么的?"

欧阳觉说:"我刚打租界出来,想回城里看看。"

那人说:"你还敢往老城那边去?你不知道今天攻城?联军已经把老城围起来了,从四面八方往城里边打炮。"

另一个说:"你回去不是送死?"

欧阳觉说:"那怎么办?我一家人都还在城里边。"

"等联军把城打下来再回去。你也是教民吧,来帮我们一起干活吧，我们是志愿队。"开头和他说话的那人说。

欧阳觉看这个说话的人瘦瘦的，小眼睛，模样有点像马老板，只是更年轻一些。他说："不了，我惦着家里人。我小心点儿就是了。"说完，他继续朝着天津老城那边走去。

那几个人的声音响在他的身后：

"等联军拿下天津再去也不晚。"

"炮弹可不长眼啊。"

"你家里的人未必还在城里边。城里的人大都逃难去了。"

最后这句话叫他心里一动。城里人真的全都跑出去了吗？自己家里的人呢？他怕家人们还待在城里，那就会成为联军大炮享用的牺牲品。如果他们逃难走掉，回去就找不到他们了。但是他还是要回去，死活都要和家人在一起。

欧阳觉穿过枪林弹雨快到老城，却无法靠近它。那里正在激战。

远远就能看见，洋人在猛烈攻城，炮弹不停地落在遍体鳞伤的城墙上。官军蹲在城垛后边从枪孔向下射击，除去一些团民用打雁的猎户使用的大抬杆与官军并肩而战，大部分义和团没有火器，血肉之躯抵挡不住炮火，一片片横尸在城前。东城门已经被洋人的炮弹轰开,正在着火,凶烈的火苗与浓烟填满城门洞口,谁也别想通过。

欧阳觉决定先到宫南大街的纸店里躲一躲,他穿过一团团黑色和黄色的硝烟钻进宫南大街,所看到的景象惨不忍睹,街两边的店铺大多毁了,不是炸了就是烧了。自己家的那个裕光纸店正如父亲曾经担忧的那样,已经给一场大火烧掉,一直黑糊糊烧到地面。而且肯定已烧掉多日,不再有烟冒出。隔壁的玉丰泰绒花店也烧去一半。

估衣街的店呢?他的家呢?他想也不去想了。

欧阳觉藏身在几道断墙中间,四面已经没有高楼,反而能看得远。他看到娘娘宫前那两根巨大的旗杆居然安然无恙,神奇地立在那里,对面的戏楼也还幸存,不知道娘娘宫是否还在。但不远的老城却像一个巨大无比的烧煤炉子,呼呼冒出很大的黑烟,一滚滚遮了日头,使得眼前的景象阵阵变暗。此刻,洋人的炮弹仍在从城外飞蝗一般,源源不断地落入城中。这景象真到了世间的末日。现在,他心中只盼望着父亲和一家人已经逃难跑了。回去看到的只是那棵老槐树下一片空屋才好。

这时他才真正明白,祖祖辈辈为什么把人间最高的指望称作——平安是福。

洋人的攻城直到转天才停。欧阳觉在这几道破墙中间又蹲了一夜。他来到城前时，已经没有炮弹飞到城中了。近处也没什么炮声，耳朵里缺了炮声反觉得少了什么似的。

欧阳觉站在东城外护城河的木桥上，直条条面对城门，如同到了酆都。他不敢看遍地的尸体，抬眼却是缺了顶子还在冒着黑烟的门楼，狼牙狗啃，满是弹洞的城墙。城门上边悬挂"镇东"的石匾断成两截，更显悲惨，城头上插着几面旗子，在亮晃晃的日光里刺目地翻飞。一面是示降的白旗，不知是谁插在那里的，其他三面是占领者的国旗——美国、法国和日本的旗子。大哥欧阳尊曾教他识得这些异国的旗子，他大都认得。

瓮城里已经成了胜利者的屠宰场。

欧阳觉头一次看到行刑的场面。受刑的团民跪在地上，被一个行刑者使劲向前拉扯着发辫，使他的脖颈伸长，身后的行刑者挥刀下来，"咔嚓"便砍断他的脖子。等待受刑的多是团民，也有官军。更令他震惊的是城墙一丈多高的地方，挂了一圈砍下来的人头，大约七八十个，除去几个官军的头颅，大都是义和团团民及首领的首级，一些还包着头布。一股强烈的血腥气张扬着占领者不可一世的威慑力，叫欧阳觉不寒而栗。

下篇

Part Two

被捕的团民

在这瓮城中只有不多一些人站在那里，几个高高矮矮的洋人军官正在指指点点地说话。他们是今天的获胜者，但从他们的神气看上去已经相当轻松了。此时，大规模全城的扫荡和搜捕行动已告结束。实际上在欧阳觉入城之前，大部分洋兵已经出城结集，正准备去增援北京仍在吃紧的战事。

欧阳觉从瓮城进入城内的感觉，真比进入地狱还要可怕。地狱只是想象，遭受过屠城的老城是眼前的现实。

猛然间满城的废墟堆到他的眼前。

跟着是一片烈焰般灼热的气浪扑面而来。一连数日天旱无雨毒日头的曝晒，再加上一天一夜千千万万炮弹引起的全城大火，使老城温度酷烈难当。具有五百年历史的那四个城角著名的水坑已经完全干涸。

城内大街是不能走的。少数一些洋人的散兵游勇还在端着枪漫无目的地到处乱闯，感觉哪里不对劲就放一枪。流弹在空气里盲目地横飞。战场上，开枪是最自由的，生死没界线，也不由自己做主。

欧阳觉必须活着回到家，他决定离开大街，从东城内的小街小巷穿行，寻路拐向北城，再奔往他家所在的府署街。他自小在老城长大，闭着眼在城里走都不会迷路。他就像田里的鼠，识得地里边每一条坑道和洞孔。

可是，离开了大街，还是离不开险境。整个城区所有地方都有可能撞到穿着不同军装到处乱窜的洋兵，虽然已经不多了，却仍很危险。他看到徐家大院旁边那条窄巷深处，几个洋兵正朝着一个门洞里边起劲地放枪，不知道为了什么，也不知他们在向谁射击。还有高高的北城墙有一些个子高大的水兵，天太热，他们脱光膀子，露出又白又红的肉，站在那儿朝着城里边乒乒乓乓、兴致勃勃地打枪，无法知道究竟什么引起他们杀戮的兴致。他从县署后边朝着沈家胡同那条看似比较安静的小道上走时，忽听右边一阵紧急的枪声，他赶忙躲到墙角里，看到一个洋兵正追逐着一个身穿红衣、亡命奔逃的女子，洋兵在后边一边追一边打枪。天津人视大红为喜庆，也当作避邪的颜色，女子穿衣向来尚红。此刻，洋兵却以为凡是红衣女子都是红灯照，所以城中常常可以见到卧在血泊中的红衣女尸。鲜血使红衣的红色更深更刺眼。

城中的人确实很少了。偶尔才会见到一个两个，在清理废墟或搬运什么。人们逃难去了，还是关着门躲在屋中？欧阳觉还碰到一个中国人抱着联军各国的小旗子沿街叫喊。他们说插上这些国家的旗子可以避免受到伤害。看来还是有些人家藏身城中，或是坚守不动，或是无处可逃。一些沿街店铺的大门大都被打开，偶尔还能看到洋兵在里边翻箱倒柜。平日里欧阳觉常常去逛的古玩店已被捣毁，空无一人。洋人不识中国的古物，但肯定将那些被当作宝贝的异样的东西高高兴兴塞在身上带走了。这些被洗劫过的店铺很像被狮子们吃过的野牛的躯体。

欧阳觉只在公议胡同和丁家胡同北至文昌阁这一带没有见到人，这里炸得最惨烈，民房全没了屋顶，屋内一切东西全部烧尽，好似一片黑糊糊的烂砖窑，一排排扔在那里。可以想见，昨天这里经受了怎样的长时间由城外飞来的密集的炮弹的轰击。今天看了，仍觉心惊。

这里离他家很近了。

他还没有到家，已经有了一种非常不祥的预感。他知道前几天那种不祥的预感是什么了。他甚至不敢回家了。

进了府署街，远远的景象就叫他看到大难已经降临。

那棵五百年的老槐树像一个无比结实的老汉，现在轰然倒下。巨大的身躯重重地压在它身下边的老屋上。他还不知道那里发生了什么，只看见一道很浓重的烟从中呼呼往天上冒着。一股强烈而刺鼻的烧焦的气味迎面扑来。没有疑问——家完了，很像一只被打沉了、正在陷落的巨船。

他不知自己靠什么力量走回家的,也不知此时自己步履急迫,还是因无力而变得极其迟缓。

还没到家就看到大槐树的一部分压在了墙上,而且把墙压垮。一条巨大的木叶葱茏的枝干黑糊糊横在路上。到了家门口,他看到大门被打烂,门扇没了,大门洞开。

门内迎面的一幕非常惊人——

原先放在门洞里的那条榆木的大懒凳,现在摆到了迎门的影壁前,凳子中间直挺挺坐着一个人,他后背靠在影壁上,头扎红布,双手紧握一柄板斧,两眼瞪得奇大。这人是谁?这个时候怎么还这副模样守在门前?再看竟是张义!不等他叫,就看明白,他已经死了,前胸满是枪洞,两只大脚浸在血泊里。后边的那个磨砖对缝的雕花影壁,也被子弹打得稀烂。单从影壁上这些密密麻麻惨烈的弹痕和枪洞,就能看出当时那些射击者多么疯狂!

他急着进去,绕过影壁,从甬道跑到父亲那进院的门口一看,就知道天已经塌了下来。洋人的炮弹不但轰毁了整个院落的房屋,还把大树炸断。巨大的树冠和粗壮的树干全被炸散,无比沉重地压在塌毁屋体上,如果父亲当时在屋里,一定在劫难逃!

他连连喊爹，却无法走进院子。被炸毁的古槐和古屋的碎块全部混在一起。他只从一个缝隙里看到了父亲那根紫竹的手杖遗弃在地上。

父亲如果逃难去了，怎么手杖还在？父亲会不会提前跑出来呢？大哥一家呢？嫩贤呢？

他跑到大哥居住的中间那一进院。这里只有偏房被炸毁，正房没有倒塌。院子的一半却被垮塌的巨树的枝叶填得密不透风。当时大树垮下来时，势头一定极其猛烈，一些簇密的树叶穿破窗扇，闯入屋中。

欧阳觉跑进大哥的房间，叫了两声，无人回应。满屋狼藉，一片被洗劫后的景象，却没有人身受到伤害的痕迹。大哥大嫂跑到哪儿去了？真像昨天在城外那个小村子遇到的几个给洋人运送炮弹的"志愿者"说的，他们逃难去了吗？如果真的逃难去了，大哥一定会让父亲先走。那么嫩贤呢？嫩贤去了吗？如果家里人都走了，张义为什么还要舍命守在大门口？

他转身往自己的房里奔去。

他一进门就看到了自己家中悲惨至极的一幕——

她没有在屋里，一切都发生在院中，他这进房子没有被炸毁，但院里满满全是大槐树垮塌时散落的大量的枝叶。残花败叶铺

下篇

Part Two

对团民行刑的场面

了满地。娴贤死在房前的廊子上。她卧在那里，衣衫被撕得一片零乱，赤裸着一部分下身和雪白的双腿。她是一头猛烈撞死在一根廊柱上的，鲜血从柱子一人高的地方流淌了下来，她不堪凌辱，自尽身亡。

院中那口井边还有一些血。井里好像头朝下塞着一个人，下身也是赤裸的。从这人的小脚看，她是姜妈。

欧阳觉一下瘫在地上。

此时此刻他和死了已经没有两样，完全不知道自己应该做什么。他游魂一般在院子里转了半圈，走进屋去，在屋里转了半圈，又走出来，然后再漫无目的地走进自己的书斋。这个一二十年来天天享受其中的地方，现在已经与自己毫无关系。但是当他看到书案上三瓷缸满满的瓜子仁儿时，忽然有了感觉——

他一下子回到现实里，回到他昨日的家庭生活中，回到曾经这里的一切音容笑貌中间。她给他嗑瓜子，斟茶，谈诗说画，料理衣食。她知书达礼，贤德温顺，善待一切，洁身自好。她无求、无争、无负、无伤于任何人，为什么老天却给她这样比打入十八层地狱还惨烈的厄运，叫她那么圣洁的身子遭受如此野兽般的强暴与玷污？他想到这里曾经发生的事，他要发疯发狂！

他哭起来，失声地哭！嚎啕地哭！她因等他而死，她为他而受难。相对于他和莎娜，只有她是最无辜的。他为她痛苦、委屈、愤怒！他痛恨自己，悔恨难当，但是即便他杀了自己也都于事无补了。

也不知过了多长时间，他起身把自己的书案从书斋拉了出来，放在院子中央，将嫩贤抱起来，平放在书案上，再取出干净的床单盖在她身上，理好她的头发。她死后原是瞪着一双惊怕又愤恨的双眼，他轻轻给她合好双眼，让她还像平日悠然安睡时那样。

然后，他由书斋中取来那几瓷缸瓜子仁儿，像花瓣一样洒在她身上，就像老槐树一树的槐花纷纷落满她的全身。

他又把自己的书画、诗稿、文章、纸笔以及满屋的藏书一趟趟全抱了出来，整齐又精当地摆放在周围。再将一些纸绢与树枝填满院中那个白石的井口。

完事他取火点着这一切。

他瘫倒在一边，等着火焰一点点烧起烧大，他看着大火和浓烟吞没了她。随后，大火延烧起连廊、四边的房屋，还有那棵默默活了几百年的浑厚苍劲却坍塌了的老槐。当老树发怒一般地熊熊烧起来，并发出巨大的"噼噼啪啪"的声响时，他走出院子，走出家，走上大街，一直往城外走去，头也不回。

他不知大哥大嫂在哪儿,是逃难去了还是已经遇难,他只知道父亲肯定压死在垮塌的房子下边,他坚信娴贤不走父亲决不会走,忠义的张义死守在门前一定是为了捍卫主人。

但是,现在他不再理会这一切了。

在府署街上,大火愈烧愈猛,从那焚烧的古树巨大身躯中蹿起的火苗足有三四丈高,半个城池都可以看见。眼下水会的人都逃出城了,已经没人救火,只有干烧。滚滚浓烟带着悲情染黑了老城上边夏日的天空。

这是庚子事变中最凶猛和豪壮的一场大火。

八

欧阳觉从城里走出来时,没有择道而行,他再不躲避危险。一切皆见似未见,闻如未闻,更不管再遇到什么。一颗流弹打穿他的耳朵,他也不知,任凭鲜血流淌,滴在肩上,流下来,染红胸前一片衣襟。

实际上,这时候城中已经完全乱了。溃败的义和团民大多弃城而去,逃走时扔了他们标志性的头巾,混在逃难的百姓之中。舍命一搏的便成了洋人最后的屠宰品。守城各部官军的残部大都撤到城西杨柳青、静海、独流和北仓等一些乡镇,还有一些去北京救驾。京都吃紧,大批攻破了天津的联军正信心满满地沿着京津铁路线去直捣大清的老巢,据说此刻慈禧已经带着皇上皇后离京西逃。一些官军看到战局逆转,大势已去,开始调转枪口收拾四处溃散的团民了。

天津完全陷入乱世。

洋兵纷纷撤离后，前一阵遭难的教民纷纷回来复仇，地方的土棍趁火打劫。这座空城所有家居和店铺全都大敞四开，任人闯入。这些人常常为了争夺财物互相厮杀。城外护城河里漂浮着不少尸体，洋人只清理自己的战殍，雇佣本城苦力用门板为他们抬尸。团民和难民的尸体没人认领，天气酷热难当，屠城后的第二天到处的弃尸就开始发味了。此刻，最抢手的应是水和食物。城门口偶有卖饼卖糕的，都得用光绪银锭或首饰来换取。

这一切都与他再无关系。

欧阳觉穿过大营门时碰到一些占守那里的洋兵，可是既没人拦截他，也没人盘问他。看他的眼神，就知他完全不正常了。那时城里城外出现了不少这样的疯子。

他直怔怔朝着租界走去，穿过荒野时，经过一些小的战场与临时构筑工事的阵地，但是现在已无活人，全是死人，刀枪旗子扔了一地，尸体中有团民、官军，也有洋人。

他从地上拾起一柄刀。在拾起刀时，眼睛里分明有一个仇恨的火苗在跳动。

下篇

Part Two

遭到屠城的天津老城厢

他直怔怔往前走。

在前边一片开阔地上,他看到许多黑乌鸦,还有一些狗。不知是饿狗还是野狼。那时代天津这边的荒野可以通往关外,野狼偶尔也会窜到这边来。

战地从来是这些家伙大快朵颐的地方。他一走近,这些家伙就四处散开,停在不远的地方盯着他。他看到沾满猩红的血迹的野地上有一些残尸,被野狗野狼咬开的地方还很鲜嫩。突然一具无头尸跳入他的眼帘。这个人肯定是让炸弹炸去了脑袋。他发现这个无头尸的一只手里拿着的手枪很奇特,枪筒出奇的长,似曾相识。他忽想到莎娜说过的话,她说她爸爸非常喜欢这种长筒手枪,因为长筒手枪可以射得非常远。她还说她也不喜欢这东西。

欧阳觉马上去看这个尸体的身体部分,似乎想寻找什么,果然他看到了,在这尸体的腰间别着一根铜管,正是那只望远镜,他太熟悉的单筒望远镜!

这是最能叫他动心的东西,但是——现在他却无动于衷。

这人正是莎娜的爸爸,他肯定是洋人进攻天津的一个指挥官吧。

下篇

Part Two

火炮阵地上一名联军的指挥官

当他把手里的刀提起来时，他听到一个呼噜的声音在旁边发出。一看，原来尸体不远的地方，趴着一只卷毛的洋狗——就是那只浅棕色的卷毛狗！它在守护着自己的主人。

它发过呼噜一声之后，便不再出声，一动不动趴在那里，就像在小白楼那天，在他走下阁楼看到它时的那样。它好像还认得他，目光有一点点柔和，静静地看看他。

他看了它片刻，什么也没做，走了过去。

在接近租界时，前边一片土岗那里发出一声枪响，一些人朝欧阳觉喊话，是洋话。他看到土岗上边有一些用装土的麻袋筑起的工事。他遇到了租界的防卫线。他略停了一下，随即提起刀来毫不犹豫地径直朝前走，对方开枪，子弹从他身边呼啸而过，他手提着刀仍往前走，子弹又呼啸而过，身上哪儿中弹他也全然不知。

这时，他忽然看到，在这条防卫线的左后方极远的地方，有一个东西奇异地竖立在那里。这东西很远，很小，他一望就知是那个小白楼。此刻，夕阳从开阔的旷野的西边斜射过来，正照在那小楼上。在强烈的晚照里，在它后边蒙着暮霭的租界那一片灰暗的背景的衬托下，它孤孤单单地立在那里，金红夺目，

下篇

Part Two

长筒手枪

极其明亮，好似荒野上一块遥远的墓碑。可是，不管这个奇异的东西下边埋藏着多少不为人知的记忆，现在对于他已是一片漠然。

他继续向前走着。

在对面的喝令中，又一片密集的子弹呼啸而来。

2018年11月7日立冬日完成初稿

11月13日修改稿

12月3日定稿

单筒望远镜